梅子黄时雨

丰子恺　季羡林　汪曾祺　等著

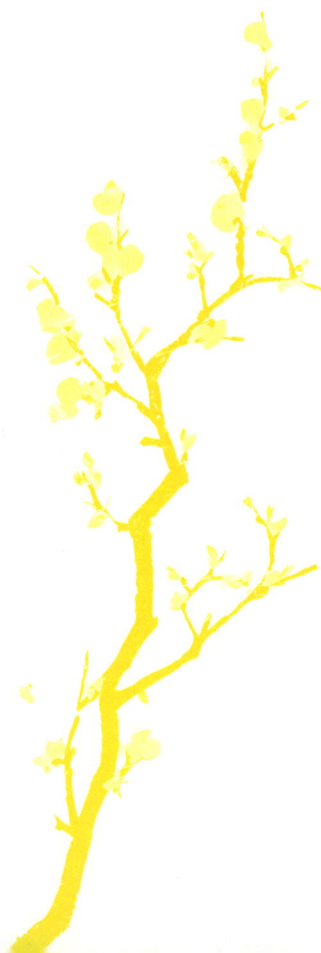

苏州新闻出版集团
古吴轩出版社

图书在版编目（CIP）数据

　　梅子黄时雨 / 丰子恺等著. -- 苏州 : 古吴轩出版社, 2024.5
　　ISBN 978-7-5546-2346-6

　　Ⅰ.①梅… Ⅱ.①丰… Ⅲ.①散文集 - 中国 - 现代②散文集 - 中国 - 当代 Ⅳ.①I266

　　中国国家版本馆CIP数据核字(2024)第076134号

责任编辑：李　倩
策　　划：周　彤　胡昭行
装帧设计：卓伟宁

书　　名：梅子黄时雨
著　　者：丰子恺　季羡林　汪曾祺　等
出版发行：苏州新闻出版集团
　　　　　古吴轩出版社
　　　　　地址：苏州市八达街118号苏州新闻大厦30F
　　　　　电话：0512-65233679　　邮编：215123
出 版 人：王乐飞
印　　刷：河北朗祥印刷有限公司
开　　本：880mm×1230mm　1/32
印　　张：7.25
字　　数：118千字
版　　次：2024 年 5 月第 1 版
印　　次：2024 年 5 月第 1 次印刷
书　　号：ISBN 978-7-5546-2346-6
定　　价：49.80元

如有印装质量问题，请与印刷厂联系。022-69485800

本书部分文字作品稿酬已向中国文字著作权协会提存，敬请相关著作权人联系领取。
电话：010-65978917　　传真：010-65978926　　E-mail: wenzhuxie@126.com

第一章
兰时：春来一季，心生欢喜

第二章
槐序：人散夜静，淡月如钩

第三章

素商：山河忽晚，人间已秋

第四章
玄英：拨雪寻春，烧灯续昼

第一章

兰时：春来一季，心生欢喜

春

朱自清 / 文

盼望着，盼望着，东风来了，春天的脚步近了。

一切都像刚睡醒的样子，欣欣然张开了眼。山朗润起来了，水涨起来了，太阳的脸红起来了。

小草偷偷地从土里钻出来，嫩嫩的，绿绿的。园子里，田野里，瞧去，一大片一大片满是的。坐着，躺着，打两个滚，踢几脚球，赛几趟跑，捉几回迷藏。风轻悄悄的，草绵软软的。

桃树、杏树、梨树，你不让我，我不让你，都开满了花赶趟儿。红的像火，粉的像霞，白的像雪。花里带着甜味儿；闭了眼，树上仿佛已经满是桃儿、杏儿、梨儿。花下成千成百的蜜蜂嗡嗡地闹着，大小的蝴蝶飞来飞去。野花遍地是：杂样儿，有名字的，没名字的，散在草丛里，像眼睛，像星星，还眨呀眨的。

"吹面不寒杨柳风"，不错的，像母亲的手抚摸着你。风里带来些新翻的泥土的气息，混着青草味儿，还有各种花的香，都在微微润湿的空气里酝酿。鸟儿将窠巢安在繁花嫩叶当中，高兴起来了，呼朋引伴地卖弄清脆的喉咙，唱出宛转的曲子，与轻风流水应和着。牛背上牧童的短笛，这时候也成天在嘹亮地响。

雨是最寻常的，一下就是三两天。可别恼。看，像牛毛，像花针，像细丝，密密地斜织着，人家屋顶上全笼着一层薄烟。树叶子却绿得发亮，小草也青得逼你的眼。傍晚时候，上灯了，一点点黄晕的光，烘托出一片安静而和平的夜。在乡下，小路上，石桥边，有撑起伞慢慢走着的人；还有地里工作的农夫，披着蓑，戴着笠的。他们的草屋，稀稀疏疏的，在雨里静默着。

天上风筝渐渐多了，地上孩子也多了。城里乡下，家家户户，老老小小，他们也赶趟儿似的，一个个都出来了。舒活舒活筋骨，抖擞抖擞精神，各做各的一份事去。"一年之计在于春"，刚起头儿，有的是工夫，有的是希望。

春天像刚落地的娃娃，从头到脚都是新的，它生长着。

春天像小姑娘，花枝招展的，笑着，走着。

　　春天像健壮的青年，有铁一般的胳膊和腰脚，他领着我们上前去。

春满燕园

季美林 / 文

　　燕园花事渐衰。桃花、杏花早已开谢。一度繁花满枝的榆叶梅现在已经长出了绿油油的叶子。连几天前还开得像一团锦绣似的西府海棠，也已落英缤纷、残红满地了。丁香虽然还在盛开，灿烂满园，香飘十里；但已显出疲惫的样子。北京的春天本来就是短的，"雨横风狂三月暮，门掩黄昏，无计留春住"。看来春天就要归去了。

　　但是人们心头的春天却方在繁荣滋长。这个春天，同在大自然里的春天一样，也是万紫千红、风光旖旎的。但它却比大自然里的春天更美、更可爱、更真实、更持久。郑板桥有两句诗："闭门只是栽兰竹，留得春光过四时。"我们不栽兰，不种竹；我们就把春天栽种在心中，它不但能过今年的四时，而且能过明年、后年、不知多少年的四时，它要常驻我们心中，成为永恒的春天了。

昨天晚上，我走过校园。四周一片寂静，只有远处的蛙鸣划破深夜的沉寂。黑暗仿佛凝结了起来，能摸得着，捉得住。我走着走着，蓦地看到远处有了灯光，是从一些宿舍的窗子里流出来的。我心里一愣，我的眼睛仿佛有了佛经上叫做天眼通的那种神力，透过墙壁，就看了进去。我看到一位年老的教师在那里伏案苦读。他仿佛正在写文章，想把几十年的研究心得写下来，丰富我们文化知识的宝库。他又仿佛是在备课，想把第二天要讲的东西整理得更深刻、更生动，让青年学生获得更多的滋养。他也可能是在看青年教师的论文，想给他们提些意见，共同切磋琢磨。他时而低头沉思，时而抬头微笑。对他说来，这时候，除了他自己和眼前的工作以外，宇宙万物都似乎不存在，他完完全全陶醉于自己的工作中了。

今天早晨，我又走过校园。这时候，晨光初露，晓风未起。浓绿的松柏，淡绿的杨柳，大叶的杨树，小叶的槐树，成行并列，相映成趣。未名湖绿水满盈，不见一条皱纹，宛如一面明镜。还看不到多少人走路，但从绿草湖畔，丁香丛中，杨柳树下，土山高头却传来一阵阵朗诵外语的声音。倾耳细听，俄语、英语、梵语、阿拉伯语等等，依稀可辨。在很多地方，我只是闻声而不见人。但是仅仅从声音里也可以听出那种如饥如渴迫切吸收知识、学习技巧的炽热心情。这一群男女大孩子仿佛想把知识像清晨的空气和芬芳的花香那样一口气吸了下去。我走进大图书馆，又看到一群男女青年挤坐在里面，低头做数学或物理化学的习题。也都是全神贯注，鸦雀无声。

我很自然地就把昨天夜里的情景同眼前的情景联系了起来。年老的一代是那样，年轻的一代又是这样。还能有比这更动人的情景吗？我心里陡然充满了说不出的喜悦。我仿佛看到春天又回到园中：繁花满枝，一片锦绣。不但已经开过花的桃树和杏树又开出了粉红色的花朵，连根本不开花的榆树和杨柳也满树红花。未名湖中长出了车轮般的莲花。正在开花的藤萝颜色显得格外鲜艳。丁香也是精神抖擞，一点也不显得疲惫。总之是万紫千红，春色满园。

这难道仅仅是我一个人的幻象吗？不是的，这是我心中那个春天的反映。我相信，住在这个园子里的绝大多数的教师和同学心中都有这样一个春天，眼前也都看到这样一个春天。这个春天是不怕时间的。即使到了金风送爽、霜林染醉的时候，到了大雪漫天、一片琼瑶的时候，它也会永留心中，永留园内，它是一个永恒的春天。

春来忆广州

老舍 / 文

我爱花。因气候、水土等等关系，在北京养花，颇为不易。冬天冷，院里无法摆花，只好都搬到屋里来。每到冬季，我的屋里总是花比人多。形势逼人！屋中养花，有如笼中养鸟，即使用心调护，也养不出个样子来。除非特建花室，实在无法解决问题。我的小院里，又无隙地可建花室！

一看到屋中那些半病的花草，我就立刻想起美丽的广州来。去年春节后，我不是到广州住了一个月吗？哎呀，真是了不起的好地方！人极热情，花似乎也热情！大街小巷，院里墙头，百花齐放，欢迎客人，真是"交友看花在广州"啊！

在广州，对着我的屋门便是一株象牙红，高与楼齐，盛开着一丛丛红艳夺目的花儿，而且经常有些很小的小鸟，钻进那朱红的小"象牙"里，如蜂采蜜。真美！只要一有空儿，我便坐在阶前，看那些花与小鸟。在家里，我也有一棵象牙红，可是高不及三尺，而且是种在盆子里。它入秋即放假休息，入冬便睡大觉，且久久不醒，直到端阳左右，它才开几朵先天不足的小花，绝对没有那种秀气的小鸟作伴！现在，它正在屋角打盹，也许跟我一样，正想念它的故乡广东吧？

春天到来，我的花草还是不易安排：早些移出去吧，怕风霜侵犯；不搬出去吧，又都发出细条嫩叶，很不健康。这种细条子不会长出花来。看着真令人焦心！

好容易盼到夏天，花盆都运至院中，可还不完全顺利。院小，不透风，许多花儿便生了病。特别由南方来的那些，如白玉兰、栀子、茉莉、小金桔、茶花……也不怎么就叶落枝枯，悄悄死去。因此，我打定主意，在买来这些比较娇贵的花儿之时，就认为它们不能长寿，尽到我的心，而又不作幻想，以免枯死的时候落泪伤神。同时，也多种些叫它死也不肯死的花草，如夹竹桃之类，以期老有些花儿看。

夏天，北京的阳光过暴，而且不下雨则已，一下就是倾盆倒海而来，势不可当，也不利于花草的生长。

秋天较好。可是忽然一阵冷风，无法预防，娇嫩些的花儿就受了重伤。于是，全家动员，七手八脚，往屋里搬呀！

各屋里都挤满了花盆，人们出来进去都须留神，以免绊倒！

真羡慕广州的朋友们，院里院外，四季有花，而且是多么出色的花呀！白玉兰高达数丈，干子比我的腰还粗！英雄气概的木棉，昂首天外，开满大红花，何等气势！就连普通的花儿，四季海棠与绣球什么的，也特别壮实，叶茂花繁，花小而气魄不小！看，在冬天，窗外还有结实累累的木瓜呀！真没法儿比！一想起花木，也就更想念朋友们！朋友们，快作几首诗来吧，你们的环境是充满了诗意的呀！

春节到了，朋友们，祝你们花好月圆人长寿，新春愉快，工作胜利！

北平的春天

周作人 / 文

北平的春天似乎已经开始了，虽然我还不大觉得。立春已过了十天，现在是七九六十三的起头了，布衲摊在两肩，穷人该有欣欣向荣之意。光绪甲辰即一九〇四年小除，那时我在江南水师学堂曾作一诗云：

一年倏就除，风物何凄紧。

百岁良悠悠，白日催人尽。

既不为大椿，便应如朝菌。

一死息群生，何处问灵蠢。

但是第二天除夕我又做了这样一首云：

东风三月烟花好，凉意千山云树幽。

冬最无情今归去，明朝又得及春游。

这诗是一样的不成东西，不过可以表示我总是很爱春天的。春天有什么好呢，要讲他的力量及其道德的意义，最好去查盲诗人爱罗先珂的抒情诗的演说，那篇世界语原稿是由我笔录，译本也是我写的，所以约略都还记得，但是这里眷录自然也更可不必了。春天的是官能的美，是要去直接领略的，关门歌颂一无是处，所以这里抽象的话暂且割爱。

且说我自己的关于春的经验，都是与游有相关的。古人虽说以鸟鸣春，但我觉得还是在别方面更感到春的印象，即是水与花木。迂阔的说一句，或者这正是活物的根本的缘故罢。小时候，在春天总有些出游的机会，扫墓与香市是主要的两件事，而通行只有水路，所在又多是山上野外，那么这水与花木自然就不会缺少的。香市是公众的行事，禹庙南镇香炉峰为其代表。扫墓是私家的，会稽的乌石头调马场等地方至今在我的记忆中还是一种代表的春景。庚子年三月十六日的日记云：

晨坐船出东郭门，挽纤行十里，至绕门山，今称东湖，为陶心云先生所创修，堤计长二百丈，皆植千叶桃垂柳及女贞子各树，游人颇多。又三十里至富盛埠，乘兜轿过市行三里许，越岭，约千余级。山中映山红牛郎花甚多，又有蕉藤数株，着花蔚蓝色，状如豆花，结实即刀豆也，可入药。路旁皆竹林，竹萌之出土者粗于碗口而长仅二三寸，颇为可观。忽闻有声如鸡鸣，阁阁然，山谷皆响，问之轿夫，云系雉鸡叫也。又二里许过一溪，阔数丈，水没及骭，舁者乱流而渡，水中圆石颗颗，大如鹅卵，整洁可喜。行一二里至墓所，松柏夹道，颇称阄壮。方祭时，小雨簌簌落衣袂间，幸即晴霁。下山午餐，下午开船。将进城门，忽天色如墨，雷电并作，大雨倾注，至家不息。

旧事重提，本来没有多大意思，这里只是举个例子，说明我春游的观念而已。我们本是水乡的居民，平常对于水不觉得怎么新奇，要去临流赏玩一番，可是生平与水太相习了，自有一种情分，仿佛觉得生活的美与悦乐之背景里都有水在，由水而生的草木次之，禽虫又次之。我非不喜禽虫，但他总离不了草木，不但是吃食，也实是必要的寄托，盖即使以鸟鸣春，这鸣也得在枝头或草原上才好，若是雕笼金锁，无论怎样的鸣得起劲，总使人听了索然兴尽也。

话休烦絮。到底北平的春天怎么样了呢，老实说，我住在北京和北平已将二十年，不可谓不久矣，对于春游却并无什么经验。妙峰山虽热闹，尚无暇瞻仰，清明郊游只有野哭可听耳。北平缺少水气，使春光减了成色，而气候变化稍剧，春天似不曾独立存在，如不算它是夏的头，亦不妨称为冬的尾，总之风和日暖让我们着了单袷可以随意徜徉的时候真是极少，刚觉得不冷就要热了起来了。不过这春的季候自然还是有的。第一，冬之后明明是春，且不说节气上的立春也已过了。第二，生物的发生当然是春的证据，牛山和尚诗云，春叫猫儿猫叫春，是也。人在春天却只是懒散，雅人称曰春困，这似乎是别一种表示。所以北平到底还是有他的春天，不过太慌张一点了，又欠腴润一点，叫人有时来不及尝他的味儿，有时尝了觉得稍枯燥了，虽然名字还叫作春天，但是实在就把他当作冬的尾，要不然便是夏的头，反正这两者在表面上虽差得远，实际上对于不大承认他是春天原是一样的。

我倒还是爱北平的冬天。春天总是故乡的有意思，虽然这是三四十年前的事，现在怎么样我不知道。至于冬天，就是三四十年前的故乡的冬天我也不喜欢：那些手脚生冻瘃，半夜里醒过来像是悬空挂着似的上下四旁都是冷气的感觉，很不好受，在北平的纸糊过的屋子里就不会有的。在屋里不苦寒，冬天便有一种好处，可以让人家作事，手不僵冻，不必炙砚呵笔，于我们写文章的人大有利益。北平虽几乎没有春天，我并无什么不满意，盖吾以冬读代春游之乐久矣。

风筝

鲁迅 / 文

北京的冬季，地上还有积雪，灰黑色的秃树枝丫叉于晴朗的天空中，而远处有一二风筝浮动，在我是一种惊异和悲哀。

故乡的风筝时节，是春二月，倘听到沙沙的风轮声，仰头便能看见一个淡墨色的蟹风筝或嫩蓝色的蜈蚣风筝。还有寂寞的瓦片风筝，没有风轮，又放得很低，伶仃地显出憔悴可怜的模样。但此时地上的杨柳已经发芽，早的山桃也多吐蕾，和孩子们的天上的点缀相照应，打成一片春日的温和。我现在在哪里呢？四面都还是严冬的肃杀，而久经诀别的故乡的久经逝去的春天，却就在这天空中荡漾了。

但我是向来不爱放风筝的，不但不爱，并且嫌恶他，因为我以为这是没出息孩子所做的玩艺。和我相反的是我的小兄弟，他那时大概十岁内外罢，多病，瘦得不堪，然而最喜欢风筝，自己买不起，我又不许放，他只得张着小嘴，呆看着空中出神，有时至于小半日。远处的蟹风筝突然落下来了，他惊呼；两个瓦片风筝的缠绕解开了，他高兴得跳跃。他的这些，在我看来都是笑柄，可鄙的。

有一天，我忽然想起，似乎多日不很看见他了，但记得曾见他在后园拾枯竹。我恍然大悟似的，便跑向少有人去的一间堆积杂物的小屋去，推开门，果然就在尘封的杂物堆中发现了他。他向着大方凳，坐在小凳上；便很惊惶地站了起来，失了色瑟缩着。大方凳旁靠着一个胡蝶风筝的竹骨，还没有糊上纸，凳上是一对做眼睛用的小风轮，正用红纸条装饰着，将要完工了。我在破获秘密的满足中，又很愤怒他的瞒了我的眼睛，这样苦心孤诣地来偷做没出息孩子的玩艺。我即刻伸手抓断了胡蝶的一支翅骨，又将风轮掷在地下，踏扁了。论长幼，论力气，他是都敌不过我的，我当然得到完全的胜利，于是傲然走出，留他绝望地站在小屋里。后来他怎样，我不知道，也没有留心。

然而我的惩罚终于轮到了，在我们离别得很久之后，我已经是中年。我不幸偶而看了一本外国的讲论儿童的书，才知道游戏是儿童最正当的行为，玩具是儿童的天使。于是二十年来毫不忆及的幼小时候对于精神的虐杀的这一幕，忽地在眼前展开，而我的心也仿佛同时变了铅块，很重很重的堕下去了。

但心又不竟堕下去而至于断绝，他只是很重很重地堕着，堕着。

我也知道补过的方法的：送他风筝，赞成他放，劝他放，我和他一同放。我们嚷着，跑着，笑着。——然而他其时已经和我一样，早已有了胡子了。

我也知道还有一个补过的方法的：去讨他的宽恕，等他说，"我可是毫不怪你呵"。那么，我的心一定就轻松了，这确是一个可行的方法。有一回，我们会面的时候，是脸上都已添刻了许多"生"的辛苦的条纹，而我的心很沉重。我们渐渐谈起儿时的旧事来，我便叙述到这一节，自说少年时代的胡涂。"我可是毫不怪你呵。"我想，他要说了，我即刻便受了宽恕，我的心从此也宽松了吧。

"有过这样的事么？"他惊异地笑着说，就像旁听着别人的故事一样。他什么也不记得了。

全然忘却，毫无怨恨，又有什么宽恕之可言呢？无怨的恕，说谎罢了。

我还能希求什么呢？我的心只得沉重着。

现在，故乡的春天又在这异地的空中了，既给我久经逝去的儿时的回忆，而一并也带着无可把握的悲哀。我倒不如躲到肃杀的严冬中去罢，——但是，四面又明明是严冬，正给我非常的寒威和冷气。

水样的春愁

郁达夫 / 文

　　洋学堂里的特殊科目之一，自然是伊利哇拉的英文。现在回想起来，虽不免有点觉得好笑，但在当时，杂在各年长的同学当中，和他们一样地曲着背，耸着肩，摇摆着身体，用了读《古文辞类纂》的腔调，高声朗诵着皮衣啤，皮哀排的精神，却真是一点儿含糊苟且之处都没有的。初学会写字母之后。大家所急于想一试的，是自己的名字的外国写法；于是教英文的先生，在课余之暇就又多了一门专为学生拼英文名字的工作。有几位想走捷径的同学，并且还去问过先生，外国百家姓和外国三字经有没有得买的？先生笑着回答说，外国百家姓和三字经，就只有你们在读的那一本泼剌玛的时候，同学们于失望之余，反更是皮哀排，皮衣啤地叫得起劲。当然是不用说的，学英文还没有到一个礼拜，几本当教科书用的《十三经注疏》《御批通鉴辑览》的黄封面上，大家都各自用墨水笔题上了英文拼的歪斜的名字。又进一步；便是用了异样的发音，操英文说着"你是一只狗""我是你的父亲"之类的话，大家互讨便宜的混战；而实际上，有几位乡下的同学，却已经真的是两三个小孩子的父亲了。

因为一班之中，我的年龄算最小，所以自修室里，当监课的先生走后，另外的同学们在密语着哄笑着的关于男女的问题，我简直一点儿也感不到兴趣。从性知识发育落后的一点上说，我确不得不承认自己是一个最低能的人。又因自小就习于孤独，困于家境的结果，怕羞的心，畏缩的性，更使我的胆量，变得异常的小。在课堂上，坐在我左边的一位同学，年纪只比我大了一岁，他家里有几位相貌长得和他一样美的姊妹，并且住得也和学堂很近很近。因此，在校里，他就是被同学们苦缠得最利害的一个；而礼拜天或假日，他的家里，就成了同学们的聚集的地方。当课余之暇，或放假期里，他原也恳切地邀过我几次，邀我上他家里去玩去；促形秽之感，终于把我的向往之心压住，曾有好几次想决心跟了他上他家去，可是到了他们的门口，却又同罪犯似的逃了。他以他的美貌，以他的财富和姊妹，不但在学堂里博得了绝大的声势，就是在我们那小小的县城里，也赢得了一般的好誉。而尤其使我羡慕的，是他的那一种对同我们是同年辈的异性们的周旋才略，当时我们县城里的几位相貌比较艳丽一点的女性，个个是和他要好的，但他也实在真胆大，真会取巧。

当时同我们是同年辈的女性，装饰入时，态度豁达，为大家所称道的，有三个。一个是一位在上海开店，富甲一邑的商人赵某的侄女；她住得和我最近。还有两个，也是比较富有的中产人家的女儿，在交通不便的当时，已经各跟了她们家里的亲戚，到杭州上海等地方去跑跑了；她们俩，却都是我那位同学的邻居。这三个女性的门前，当傍晚的时候，或月明的中夜，老有一个一个的黑影在徘徊；这些黑影的当中，有不少却是我们的同学。因为每到礼拜一的早晨，没有上课之先，我老听见有同学们在操场上笑说在一道，并且时时还高声地用着英文作了隐语，如"我看见她了！""我听见她在读书"之类。而无论在什么地方于什么时候的凡关于这一类的谈话的中心人物，总是课堂上坐在我的右边，年龄只比我大一岁的那一位天之骄子。

赵家的那位少女，皮色实在细白不过，脸形是瓜子脸；更因为她家里有了几个钱，而又时常上海她叔父那里去走动的缘故，衣服式样的新异，自然可以不必说，就是做衣服的材料之类，也都是当时未开通的我们所不曾见过的。她们家里，只有一位寡母和一个年轻的女仆，而住的房子却很大很大。门前是一排柳树，柳树下还杂种着些鲜花；对面的一带红墙，是学官的泮水围墙，泮池上的大树，枝叶垂到了墙外，红绿便映成着一色。当浓春将过，首夏初来的春三四月，脚踏着日光下石砌路上的树影，手捉着扑面飞舞的杨花，到这一条路上去走走，就是没有什么另外的奢望，也很有点像梦里的游行，更何况楼头窗里，时常会有那一张少女的粉脸出来向你抛一眼两眼的低眉斜视呢！此外的两个女性，相貌更是完整，衣饰也尽够美丽，并且因为她俩的住址接近，出来总在一道，平时在家，也老在一处，所以胆子也大，认识的人也多。她们在二十余年前的当时，已经是开放得很，有点像现代的自由女子了，因而上她们家里去鬼混，或到她们门前去守望的青年，数目特别的多，种类也自然要杂。

我虽则胆量很小，性知识完全没有，并且也有点过分的矜持，以为成日地和女孩子们混在一道，是读书人的大耻，是没出息的行为；但到底还是一个亚当的后裔，喉头的苹果，怎么也吐它不出咽它不下，同北方厚雪地下的细草萌芽一样，到得冬来，自然也难免得有些望春之意；老实说将出来，我偶尔在路上遇见她们中间的无论哪一个，或凑巧在她们门前走过一次的时候，心里也着实有点儿难受。

住在我那同学邻近的两位，因为距离的关系，更因为她们的处世知识比我长进，人生经验比我老成得多，和我那位同学当然是早已有过纠葛，就是和许多不分学生的青年男子，也各已有了种种的风说，对于我虽像是一种含有毒汁的妖艳的花，诱惑性或许格外的强烈，但明知我自己决不是她们的对手，平时不过于遇见的时候有点难以为情的样子，此外倒也没有什么了不得的思慕，可是那一位赵家的少女，却整整地恼乱了我两年的童心。

我和她的住处比较得近，故而三日两头，总有着见面的机会。见面的时候，她或许是无心，只同对于其他的同年辈的男孩子打招呼一样，对我微笑一下，点一点头，但在我却感得同犯了大罪被人发觉了的样子，和她见面一次，马上要变得头昏耳热，胸腔里的一颗心突突地总有半个钟头好跳。因此，我上学去或下课回来，以及平时在家或出外去的时候，总无时无刻不在留心，想避去和她的相见。但遇到了她，等她走过去后，或用功用得很疲乏把眼睛从书本子举起的一瞬间，心里又老在盼望，盼望着她再来一次，再上我的眼面前来立着对我微笑一脸。

有时候从家中进出的人的口里传来，听说"她和她母亲又上上海去了，不知要什么时候回来？"我心里会同时感到一种像深重负又像失去了什么似的忧虑，生怕她从此一去，将永久地不回来了。

同芭蕉叶似的重重包裹着的我这一颗无邪的心，不知在什么地方，透露了消息，终于被课堂上坐在我左边的那位同学看穿了。一个礼拜六的下午，落课之后，他轻轻地拉着了我的手对我说："今天下午，赵家的那个小丫头，要上倩儿家去，你愿不愿意和我同去一道玩儿？"这里所说的倩儿，就是那两位他邻居的女孩子之中的一个的名字。我听了他的这一句密语，立时就涨红了脸，喘急了气，嗫嚅着说不出一句话来回答他，尽在拼命的摇头，表示我不愿意去，同时眼睛里也水汪汪地想哭出来的样子；而他却似乎已经看破了我的隐衷，得着了我的同意似的用强力把我拖出了校门。

到了倩儿她们的门口，当然又是一番争执，但经他大声的一喊，门里的三个女孩，却同时笑着跑出来了；已经到了她们的面前，我也没有什么别的办法了，自然只好俯着首，红着脸，同被绑赴刑场的死刑囚似的跟她们到了室内。经我那位同学带了滑稽的声调将如何把我拖来的情节说了一遍之后，她们接着就是一阵大笑。我心里有点气起来了，以为她们和他在侮辱我，所以于羞愧之上，又加了一层怒意。但是奇怪得很，两只脚却软落来了，心里虽在想一溜跑走，而腿神经终于不听命令。跟她们再到客房里去坐下，看他们四人捏起了骨牌，我连想跑的心思也早已忘掉，坐将在我那位同学的背后，眼睛虽则时时在注视着牌，但间或得着机会，也着实向她们的脸部偷看了许多次数。等她们的输赢赌完，一餐东道的夜饭吃过，我也居然和她们伴熟，有说有笑了。临走的时候，倩儿的母亲还派了我一个差使，点上灯笼，要我把赵家的女孩送回家去。自从这一回后，我也居然入了我那同学的伙，不时上赵家和另外的两女孩家去进出了；可是生来胆小，又加以毕业考试的将次到来，我的和她们的来往，终没有像我那位同学似的繁密。

正当我十四岁的那一年春天（一九〇九，宣统元年己酉），是旧历正月十三的晚上，学堂里于白天给与了我以毕业文凭及增生执照之后，就在大厅上摆起了五桌送别毕业生的酒宴。这一晚的月亮好得很，天气也温暖得像二三月的样子。满城的爆竹，是在庆祝新年的上灯佳节，我于喝了几杯酒后，心里也感到了一种不能抑制的欢欣。出了校门，踏着月亮，我的双脚，便自然而然地走向了赵家。她们的女仆陪她母亲上街去买蜡烛水果等过元宵的物品去了，推门进去，我只见她一个人拖着了一条长长的辫子，坐在大厅上的桌子边上洋灯底下练习写字听见了我的脚步声音，她头也不朝转来，只曼声地问了一声"是谁？"我故意屏着声，提着脚，轻轻地走上了她的背后，一使劲一口就把她面前的那盏洋灯吹灭了。月光如潮水似的浸满了这一座朝南的大厅，她于一声高叫之后，马上就把头朝了转来。我在月光里看见了她那张大理石似的嫩脸，和黑水晶似的眼睛，觉得怎么也熬忍不住了，顺势就伸出了两只手去，捏住了她的手臂。两人的中间，她也不发一语，我也并无一言，她是扭转了身坐着，我是向她立着的。她只微笑着看看我看看月亮，我也只微笑着看看她看看中庭的空处，虽然此处的动作，轻薄的邪念，明显的表示，一点儿也没有，但不晓怎样一般满足，深沉，陶醉的感觉，竟同四周的月光一样，包满了我的全身。

两人这样的在月光里沉默着相对，不知过了多久，终于她轻轻地开始说话了："今晚上你在喝酒？""是的，是在学堂里喝的。"到这里我才放开了两手，向她边上的一张椅子里坐了下去。"明天你就要上杭州去考中学去么？"停了一会，她又轻轻地问了一声。"嗳，是的，明朝坐快班船去。"两人又沉默着，不知坐了几多时候，忽听见门外头她母亲和女仆说话的声音渐渐儿地近了，她于是就忙着立起来擦洋火，点上了洋灯。

她母亲进到了厅上，放下了买来的物品，先向我说了些道贺的话，我也告诉了她，明天将离开故乡到杭州去；谈不上半点钟的闲话，我就匆匆告辞出来了。在柳树影里披了月光走回家来，我一边回味着刚才在月光里和她两人相对时的沉醉似的恍惚，一边在心的底里，忽儿又感到了一点极淡极淡，同水一样的春愁。

春游颐和园

沈从文 / 文

北京建都有了八百年历史。劳动人民用他们的勤劳和智慧，在北京城郊建造了许多规模宏大建筑美丽的宫殿、庙宇和花园，留给我们后一代。花园建筑规模大，花木池塘富于艺术巧思，设备精美在世界上也特别著名的，是二百多年前乾隆时在西郊建筑的"圆明园"。这个著名花园，是在九十多年前就被帝国主义者野蛮军队把园里面上千栋房子中各种重要珍贵文物及一切陈设大肆抢劫后，有意放一把火烧掉了的。花园建筑时间比较晚的，是西郊的颐和园。部分建筑乾隆时虽然已具规模，主要建筑群却在一百年前才完成。修建这座大园子的经济来源，是借口恢复国防海军从人民刮来的几千万两银子，花园作成后，却只算是帝王一家人私有。

直到北京解放，这座大花园才成为人民的公共财产。

颐和园的游人数字是个证明：一九四九年全年游人二十六万六千八百多，一九五五年达到一百七十八万七千多人。二十年前游颐和园的人，常常觉得园里太大太空阔。其实只是能够玩的人太少，所以到处总是显得空空的。颐和园那条长廊，虽然已经长约三里路，现在每逢星期天游人就挤得满满的，即再加宽加长一两倍，怕也还是不够用。

春天来，颐和园花木都逐渐开放了，每天除了成千上万来看花的游人，还有许多自城郊学校来的少先队员，到园中过队日郊游，进行各种有益身心的活动。满园子里各处都可见到红领巾，各处都可听到建设祖国接班人的健康快乐的笑语和歌声。配合充满生机一片新绿丛中的鸟语花香，颐和园本身，因此也显得更加美丽和年青！

凡是游颐和园的人，在售票处购买一册介绍园中景物的说明书，可得到极多帮助。只是如何就可用比较经济的时间，把颐和园重要地方都逛到呢？我想就我个人过去几年在这个大园子里转来转去的经验，和园子里建筑花木在春秋佳日给我的印象，提出一点游园的参考意见。

我们似可把颐和园分成五个大单位去游览。

第一是进门以后的建筑群，这个建筑群除中部大殿外，计包括东边的大戏楼和西边的"乐寿堂"，以及西边前面一点的"玉澜堂"。"玉澜堂"相传是光绪被慈禧太后囚禁的地方，院子和其他建筑隔绝自成一个小单位。到这里来的人，还可从入门门口的说明牌子，体会到近六十年历史一鳞一爪。参观大戏台，得往回路向东走。这个戏台和中国近代歌剧发展史有些联系，六十年以前，中国京戏最出色的演员谭鑫培、杨小楼，都到这台上演过戏。戏台上下分三层，还有个宽阔整洁的后台和地下室，准备了各种机关布景。例如表演孙悟空大闹天官，或白蛇传水漫金山寺节目时，台上下到必要时还会喷水冒烟。演员也可以借助于技术设备，一齐腾空上升，或潜入地下，隐现不易捉摸。戏台面积比看戏的殿堂大许多，原因是这些戏主要是演给帝王和少数贵族官僚看的。演员百余人在台上活动，看戏的可能只三五十人。社会在发展中，六十年过去了，帝王独夫和这些名艺人十九都已死去。为人民爱好的艺术家的绝艺，却继续活在人们记忆中，及后辈热忱学习发展中。由大戏楼向西可到"乐寿堂"。这是六十年前慈禧做生日的地方。颐和园陈设中，有许多十九世纪显然见出半殖民地化的开始的恶俗趣味处，就多是当时在广东上海等通商口岸办洋务的奴才，为贡谀祝寿而作来的。也有些是帝国主义者为侵略中国的敲门砖。还有晚清一种黄绿釉绘墨彩花鸟，多用紫藤和秋葵作主题，横写"天地一家春"的款识的大小瓷器，也是这个时期的生产。"乐寿堂"庭院宽敞，建筑虽不特别高大，却显得气魄大方。本院和西边一小院，春天时玉兰和海棠都开得格外茂盛。

第二部分是长廊全部和以"排云殿""佛香阁"为主体，围绕左右的建筑群。这是目下全个园子建筑最引人注意部分，也是全园的精华。有很多建筑小单位，或是一个四合院，或是一组列房子，布置得都十分讲究。花木围廊，各具巧思。但是从整体或部分说来，这个建筑群有些只是为配风景而作的，有些宜近看，有些只合远观。想总括全部得到一个整体印象，得租一只小游船，把船直向湖中心划去，再回过头来，看看这个建筑群，才会明白全部设计的用心处。因为排云殿后面隙地不多，山势太陡，许多建筑不免挤得紧一点。如东边的琼岛春阴转轮藏，西边的另一个小建筑群，都有点展布不开。正背后的佛香阁，地势更加迫促，虽亏得聪明的建筑工人，出主意把上佛香阁的路分作两边，作"之"字形盘旋而上，地势还是过于迫促。更向西一点的"画中游"部分建筑，也由于地面窄狭，作得格外玲珑小巧。必需到湖中看看，才明白建筑工人的用意，当时这部分建筑，原来就是为配合全山风景作成的。船到湖中心时向南望，在一平如镜碧波中的龙王庙和十七孔虹桥，都若十分亲切的向游人招手："来，来，来，这里也很有意思。"从这里望万寿山，距离虽远了点，可是把那些建筑不合理印象也忽略了。

第三部分就是湖中心那个孤岛上的建筑群，"龙王庙"是主体。连接龙王庙和东墙柳阴路全靠那条十七孔白石虹桥，长年卧在万顷碧波中，背景是一片北京特有的蓝得透亮的天空，真不愧叫作人造的虹。这条白石桥无论是远看，近看，或把船摇到下边仰起头来看，或站在桥上向左右四方看，都令人觉得满意。桥东岸边有一只铜牛，是两百年前铸铜工人的创作。

第四部分是后山一带，建筑废址并不少，保存完整的房子却不多。很显明是经过历史事变的痕迹没有修复过来。由后湖桥边的苏州街遗址，到上山的一系列殿基，直到半山上的两座残塔，据传说也是在圆明园被焚的同时毁去的。目下重要的是有好几条曲折小山路，清静幽僻，最宜散步。还有好几条形式不同的白石桥和新近修理的赤栏木板桥，湖水曲折从桥下通过，划船时极有意思。

第五部分是东路以"谐趣园"为中心的建筑群，靠西上山有"景福阁"，靠北紧邻是"霁清轩"。这一组建筑群和前山大不相同，特征是树木比较多，地方比较僻静。建筑群包括有北方的明敞（如景福阁）和南方的幽趣（如霁清轩）两种长处。谐趣园主要部分是一个荷花池子，绕着池子有一组长廊和建筑。谐趣园占地面虽不大，那个荷花池子，夏天荷花盛开时，真是又香又好看。欢喜雀鸟的，这里四围树林子里经常有极好听的黄鸟歌声。啄木鸟声音也数这个地区最多。夏六月天雨后放晴时，树林间的鸟雀欢呼飞鸣，更是一种活泼生机。地方背风向阳处，长年有竹子生长。由后湖引来的一股活水，到此下坠五公尺，因此作成小小瀑布，夏天水发时，水声哗哗，对于久住北方平地的人，看到这些事物引起的情感，很显然都是新的。"霁清轩"地位已接近园中后围墙，建筑构造极其别致，小院落主要部分是一座四面明窗当风的轩，一株盘旋而上的老松树，一个孤立的亭子，以及横贯院中的小小溪流。读过《红楼梦》的人，如偶然到了这个地方，会联想起当年书中那个女尼妙玉的住处。还有史湘云醉眠芍药茵的故事，也可能会在霁清轩大门前边一点发生。这个建筑照全部结构说来，是比《红楼梦》创作时代略早一点。有人到过谐趣园许多次，还不知道面前霁清轩的位置，可知这个建筑的布置成功处。由谐趣园宫门直向上山路走，不多远还有个"乐农轩"，虽只是平房一列，房子前花木却长得极好。杏花以外丁香、梨花都很好。"景福阁"位置在半山上，这座"亚"字形的大建筑，四面窗子透亮，绕屋平台廊子都极朗敞。遇着好机会，我们可能会在这里看到一些面孔熟悉的著名文艺工作者、电影、歌剧、话剧名演员，……他们也许正在这里和国际友人举行游园联欢会，在那里唱歌跳舞。

颐和园最高处建筑物，是山顶上那座全部用彩琉璃砖瓦拼凑作成的无梁殿。这个建筑无论从工程上和装饰美术上说来，都是一个伟大的创作。是近二百年的建筑工人和烧琉璃窑工人共同努力为我们留下的一份宝贵遗产。在建筑规模上，它并不比北海那一座琉璃殿壮丽，但从建筑兼雕塑整体性的成就说来，无疑和北京其他同类创作，如北海及故宫九龙壁、香山琉璃塔等等，都值得格外重视。上山的道路很多：欢喜热闹不怕累，可从排云殿后抱月廊上去，再从那几百磴"之"字形石台阶爬到"佛香阁"，歇歇气，欣赏一下昆明湖远近全景，再从后翻上那个琉璃牌楼，就到达了。欢喜冒险好奇的，又不妨从后山上去。这一路得经过几层废殿基，再钻几个小山洞。行动过于活泼的游客，上到山洞边时，头上脚下都得当心一些，免得偶然摔倒。另外东西两侧还有两条比较平缓的山路可走，上了点年纪的人不妨从东路上去。就是从景福阁向上走去。半道山脊两旁多空旷，特别适宜于远眺，南边是湖上景致，北边园外却是村落自然景色，很动人。夏六月还是一片绿油油的庄稼直延长到西山尽头，到秋八月后，就只见无数大牛车满满装载黄澄澄的粮食向合作社转运。村庄前后也到处是粮食堆垛。

从北边走可先逛长廊，到长廊尽头，转个弯，就到大石舫边了。除大石舫外，这里经常还停泊有百多只油漆鲜明的小游艇出租。欢喜划船的游人，手劲大，可租船向前湖划去，一直过西峰腰桥再向南，再划回来。比较合式的是绕湖心龙王庙，就穿十七孔桥回来。那座桥远看只觉得美丽，近看才会明白结构壮丽，工程扎实，让我们加深一层认识了古代造桥工人的聪明和伟大。船向回划可饱看颐和园万寿山正面全部风景，从各个不同角度看去，才会发现绕前山那道长廊，和长廊外临水那道白石栏杆，不仅发生单纯装饰效果，且像腰带一样把前山建筑群总在一起，从水上托出，设计实在够聪明巧妙。欢喜从空旷湖面转入幽静环境的游人，不妨把船向后湖划去。后湖水面窄而曲折，林木幽深，水中大鱼百十成群，对小船来去既成习惯，因此也不大存戒心。后湖在秋天里在一个极短时期中，水面常常忽然冒出一种颜色金黄的小莲花，一朵朵从水面探头出来约两寸来高，花头不过一寸大小，可是远远的就可让我们发现。至近身时我们才会发现花朵上还常常歇有一种细腰窄翅黑蜻蜓，飞飞又停停。彼此之间似相识又似陌生。又像是新认识的好朋友，默默地又亲切地贴近时，还像有些腼腆害羞。一切情形和安徒生童话中的描写差不多，可是还要美丽一些，一时还没有人写出。这些小小金丝莲，一年只开花三四天，小蜻蜓从湖旁丛草间孵化，生命也极短暂。我们缺少安徒生的诗的童心，因此也难更深一层去想象体会它们生命中的悦乐处。见到这种花朵时，最好莫惊动采折。由石舫上山路，可经过"画中游"，这部分房子是有意仿造南方小楼房式做成，十分玲珑精致，大热天住下来不会太舒服，可是在湖中却特别好看。走到"画中游"才会明白取名的用意。若在春天四月里，园中好花次第开放，一切松柏杂树新叶也放出清香，这些新经修理装饰得崭新的建筑物，完全包裹在花树中，使得我们不能不对于创造它和新近修理它的木工、瓦工、彩画油漆工，以及那些长年在园子里栽花种树的工人，表示敬意和感谢。

颐和园还有一个地区，也可以作为一个游览单位计算，就是后山沿围墙那条土埝子。这地方虽若近在游人眼前，可是最容易忽略过去。这条路是从谐趣园再向北走，到后湖尽头几株大白杨树面前时，不回头，不转弯，再向西一直从一条小土路走上小土山。那是一条能够满足游人好奇心的小路，一路走去可从荆槐杂树林子枝叶罅隙间清清楚楚看到后山后湖全景。小土埝上还种得好些有了相当年月的马尾松，松根凸起处，间或会有一两个年青艺术家在那里作画。地方特别清静，不会有人来搅扰他的工作。更重要还是从这里望出去，景物凑紧集中，如同一个一个镜框样子。若是一个有才能的画家，他不仅会把树石间色彩鲜明的红领巾，同水上游人种种活动，收入画布，同时还能够把他们表示新生生命的笑语和歌声同样写入画中。

家园之春

林语堂 / 文

　　我从安徽旅行回来，看见了家园之春。她的脚步已轻轻地踏上了草地，她的手指已抚着了蔓藤，她的气息已吹及了柳枝与嫩桃树。因之，我虽然没有看见她来，我却已知道她确在了。那青翠得与它们所生长的枝条一样的玫瑰蓓蕾又重新呈现了；蚯蚓又在园中的花台上钻起一小堆泥土而发现了；甚至我一段段砍下来的一两尺长的白杨枝，堆放在园场上的，也萌出了青葱的新叶，完全成了一件奇迹。而今过了三个星期以后，我已能看见叶片的影子在一个阳光明媚的日子在地上舞摆了，这是一种我已有好久不曾看见过的景象。

　　但对于动物——人类的动物与动物的动物——那情形可便不同了。各处都有一种忧郁；也许不是忧郁，但我没有别的字可用了。春天使人忧郁，春天使人昏昏欲睡。其实是不会如此的。我知道，如果我是一个农家孩子，或如果我家里从主人到厨子每个人，只得去看牛，我想我们一定不会对于春天感到忧郁的。但我们却是住在城里，而城市却使你忧郁。我想我现在已找到了那字眼了。这叫做"春热病"。

大家都有一种春热病的，连我的狗朱蓓也在内。我到安徽去小游了一次。看看玉灵观的绿溪，已治好了我的春热病。但我曾在我的厨子面前夸耀过我的小游，而他恰好又是一个安徽人，这倒使我极为忧郁起来了。因为他在春天却在洗碗碟，切红萝卜，收拾厨房器具，这使他感到忧郁。我的男仆，一个高大黝黑的江北农人，却在揩窗，擦地板，开信箱取信，终日为我倒茶，那却使"他"忧郁。

我们又有厨子的妻子，在我们家里当洗衣妇。我很喜欢她，因为她极谦卑，相貌也很好，有着一个中国女孩子所有的一切美德：她闭着嘴一天到晚地劳作，用她那半放的小足到处走着，只是熨着衣服不开口，她笑起来并不格格狡笑，而只是自然地大笑，说起话来则低声低气的。也许只有她一个人不感到忧郁，因为她高兴着在我们的园子里已有了春天，那里有了许多青翠，许多绿叶，许多树，以及那么好的轻风。她高兴，她满足。但这又怎么呢？事情真是不公平的。

她丈夫总拿了她的工钱去赌博，有一次甚至打她，直到我的妻子以如果以后再如此便歇掉他——不管他能做得最好的菜汤——这话来吓着他才住手。他从不肯带她出去，所以她整年地住在屋子里。最后，便是王妈，那个有实权的管家妇与我的孩子领姆，她的工作是照管一切事情是否合式。当她看见我的长袍随手放在床上或安乐椅中时，便把它放到衣橱里去。有了她，一切便都井井有条，春天也没有什么异样了。我想她大约已有四十五岁以上的年纪，因此她一生已看见过了四十五个春天，她对于春天已无所感动了。我委实很尊视这二个女仆，因为她们二人都有着最好的传统的中国教养。她们两人既不贪婪，又不多说话，她们都一早便起身照管家事，而且她们二人遇有必要时，都很适宜于照管我的孩子。

但我是说春热病的。那厨子，一个漂亮的小滑头，渐渐地有点不耐于他的工作，做的菜也比平常差了。他大部分时间都烦躁不安，叫他的妻子洗着碗碟，以便他自己可以早一点出去。还有阿金，那男仆——他真是一个高个子——有一天也走来对我说他要在下午请半天假。阿金请假！我真十分惊奇了。我本来对他说每月可以有一天休假，但他却从来不曾休假过。而现在他却要请半天假，"同一个他的乡下来的人办一件重要的事情"。所以，他也得了春热病了。我说道："好的，你不要同你的乡下朋友去办要事；到新世界或大世界去玩一回，或雇二只舢舨，如果你不能划，便只是坐着玩一回吧。"我嬉戏地笑着道，而他也以为我是一个很好而和气的主人。

当阿金离开我家时，也有别人离开了他们的办事处而到我的花园里来，那便是开 × 书店里的送信童。他已有好久不见了，因为在上个月中送稿子，送校样，或信件的是一个大人，现在这个孩子一定来接了他的地位，又到我家里来送校样，或一封信，或一本杂志，或甚至来望望我了。那孩子，我知道他住在东区，那里你只能看见一片片的墙壁，后门，残食桶，以及水门汀地，周围没有一片青叶的。不错，青叶也能从石缝中生长，但是不能够从水门汀地上的罅缝里生长的。所以他每天或隔天一定要到我家里来，而且一定要逗留一回，留得比必要的时间长得多。因为至少我的园中是有着春天了。当然，他并不是出来游春的，他只是坐了脚踏车到西区去给林语堂先生送一件重要的信哩。

在动物中也有一种忧郁的，我所说的是真正的动物。朱蓓是一个独身者，在春天还未到时，它是一条很满足的狗。

我总以为我的花园是宽大得已很够它到处玩了，所以我从不放它出去，因为我如果牵了朱蓓到乡下地方去散步，我是不感到什么特殊的愉快的。而朱蓓又走得那么快，我得拼命的赶才能赶得上它。但现在这花园对它却不觉得大了，甚至快跑也不够了，不管那一切骨头与可口的剩食。当然，这不是那些事。我知道它的。它需要"她"，不管是一个漂亮小东西，或黑美人，美的或丑的，只要是"她"。但我有什么办法呢？我对于这件事情毫无办法，所以朱蓓也很忧郁。

还有我们的小鸽巢中也发生了一件悲剧，那里现在有一对鸽子，当我把它们买回家来时原有六七只的，但全部走了，只有这一对好伴侣仍留着。它们曾几次想在我车间的顶阁上组织家庭的，但总是没有运气。有二三次，一只小鸽子孵了出来，而总是在没有会走之前便学飞，因而跌死了。我真不爱看那大鸽子们眼中的神色，一闪一霎地，它们静静地站在对面的屋顶上完成了那丧礼。可是最后一次，仿佛它们将要得到成功了，因为小鸽子一天天地在长大起来，甚至已能走到顶阁的窗外向外面的世界望着，且已能扑动它的翅翼了。可是有一天，包车夫说那只小鸽子又死了，我们全家都为之怅然。它怎样死的呢？那包车夫曾看见它跌到地上便死了。这便要用我的福尔摩斯的脑子了。

我好奇地抚摸了那只死去的小鸽子。它颈下的肫囊，平常是一直塞饱了食物的，现在分明是空了。在鸽巢里又生了两个蛋，那母鸽又在孵着了。

"最近你可看见过那只雄鸽子吗？"我开始了查问。

"已有几天不见了。"那包车夫说道。

"你最近是什么时候看见的？"

"上礼拜三。"

"嗯！"我说道。

"你可看见那母鸽子出去吗？"我又问道。

"她不大离开窝巢的。"

"嗯！"我说道。

那一定是有了被弃的情形了。这是春热病的原因。毫无疑义，它一定是饿死的了。母鸽不能离巢她便不能为小鸽子去觅食了。

"正像一切丈夫一样的。"我自言自语道。

现在，她的丈夫抛弃了她，她的小鸽子死了，那母鸽也甚至不肯再孵蛋了。一个家庭已经离散。在对面的屋角上看了一回，对她昔日的快乐的家（那里两个蛋仍留着）看了最后的一眼，她飞开了——我不知道飞到哪里去。也许她再也不会相信一只雄鸽子了。

"春朝"一刻值千金——懒惰汉的懒惰想头之一

梁遇春 / 文

十年来，求师访友，足迹走遍天涯，回想起来给我最大益处的却是"迟起"，因为我现在脑子里所有些聪明的想头，灵活的意思多半是早上懒洋洋地赖在床上想出来的。我真应该写几句话赞美它一番，同时还可以告诉有志的人们一点迟起艺术的门径。谈起艺术，我虽然是门外汉，不过对于迟起这门艺术倒可说是一位行家，因为我既具有明察秋毫的批评能力，又带了甘苦备尝的实践精神。我天天总是在可能范围之内，尽量地滞在床上——那是我们的神庙——看着射在被上的日光，暗笑四围人们无谓的匆忙，回味前夜的痴梦——那是比做梦还有意思的事，——细想迟起的好处，唯我独尊地躺着，东倒西倾的小房立刻变做一座快乐的皇宫。

诗人画家为着要追求自己的幻梦，实现自己的痴愿，宁可牺牲一切物质的快乐，受尽亲朋的诟骂，他们从艺术里能够得到无穷的安慰，那是他们真实的世界，外面的世界对于他们反变成一个空虚。迟起艺术家也具有同等的精神。区区虽然不是一个迟起大师，但是对于本行艺术的确有无限的热忱——艺术家的狂热。所以让我拿自己做个例子罢。当我是个小孩时候，我的生活由家庭替我安排，毫无艺术的自觉，早上六点就起来了。后来到北方念书去，北方的天气是培养迟起最好的沃土，许多同学又都是程度很高的迟起艺术专家，于是绝好的环境同朋辈的切磋使我领略到迟起的深味，我的忠于艺术的热度也一天一天地增高。暑假年假回家时期，总在全家人吃完了早饭之后，我才敢动起床的念头。老父常常对我说清晨新鲜空气的好处，母亲有时提到重温稀饭的麻烦，慈爱的祖母也屡次向我姑母说"早起三日当一工"（我的姑母老是起得很早的），我虽然万分不愿意失丢大人们的欢心，但是为着忠于艺术的缘故，居然甘心得罪老人家。后来老人家知道我是无可救药的，反动了怜惜的心肠，他们早上九点钟时候走过我的房门前还是用着足尖；人们温情地放纵我们的弱点是最容易刺动我们麻木的良心，但是我总舍不得违弃了心爱的艺术，所以还是懊悔地照样地高卧。在大学里，有几位道貌岸然的教授对于迟到学生总是白眼相待，我不幸得很，老做他们白眼的鹄的，也曾好几次下个决心早起，免得一进教室的门，就受两句冷讽，可是一年一年地过去，我足足受了四年的白眼待遇，里头的苦处是别人想不出来的。有一年寒假住在亲戚家里，他们晚饭的时间是很早的，所以一醒来，腹里就咕隆地响着，我却按下饥肠，故意想出许多有趣事情，使自己忘却了肚饿，有时饿出汗来，还是坚持着非到十时是不起来的。对于艺术我是多么忠实，情愿牺牲。枵腹做诗的爱伦·波，真可说是我的同志。后来入世谋生，自然会忽略了艺术的追求；不过我还是尽量地保留一向的热诚，虽然已经是够堕落了。想起我个人因为迟起所受的许多说不出的苦痛，我深深相信迟起是一门艺术，因为只有艺术才会这样带累人，也只有艺术家才肯这样不变初衷地往前牺牲一切。

但是从迟起我也得到不少的安慰，总够补偿我种种的苦痛。迟起给我最大的好处是我没有一天不是很快乐地开头的。我天天起来总是心满意足的，觉得我们住的世界无日不是春天，无处不是乐园。当我神怡气舒地躺着的时候，我常常记起勃浪宁的诗："上帝在上，万物各得其所。"（鱼游水里，鸟栖树枝，我卧床上。）人生是短促的，可是若使我们有过光荣的青春，我们的一生就不能算是虚度，我们的残年很可以傍着火炉，晒着太阳在回忆里过日子。同样地一天的光阴是很短促的，可是若使我们有过光荣的早上（一半时间花在床上的早晨！）我们这一天就不能说是白丢了，我们其余时间可以用在追忆清早的幸福，我们青年时期若使是欢欣的结晶，我们的余生一定不会很凄凉的，青春的快乐是有影子留下的，那影子好似带了魔力，惨淡的老年给它一照，也呈出和蔼慈祥的光辉。我们一天里也是一样的，人们不是常说：一件事情好好地开头，就是已经成功一半了；那么赏心悦意的早晨是一天快乐的先导。迟起不单是使我天天快活地开头，还叫我们每夜高兴地结束这个日子；我们夜夜去睡时候，心里就预料到明早迟起的快乐——预料中的快乐是比当时的享受，味还长得多——这样子我们一天的始终都是给生机活泼的快乐空气围住，这个可爱的升平景象却是迟起一手做成的。

迟起不仅是能够给我们这甜蜜的空气，它还能够打破我们结结实实的苦闷。人生最大的愁忧是生活的单调。悲剧是很热闹的，怪有趣的，只有那不生不死的机械式生活才是最无聊赖的。迟起真是唯一的救济方法。你若使感到生活的沉闷，那么请你多睡半点钟（最好是一点钟），你起来一定觉得许多要干的事情没有时间做了，那么是非忙不可——"忙"是进到快乐宫的金钥，尤其那自己找来的忙碌。忙是人们体力发泄最好的法子，亚里士多德不是说过人的快乐是生于能力变成效率的畅适。我常常在办公时间五分钟以前起床，那时候洗脸拭牙进早餐，都要用最快的速度完成，全变做最浪漫的举动，当牙膏四溅，脸水横飞，一手拿着头梳，对着镜子，一面吃面包时节，谁会说人生是没有趣味呢？而且当时只怕过了时间，心中充满了冒险的情绪。这些暗地晓得不碍事的冒险兴奋是顶可爱的东西，尤其是对于我们这班不敢真真履险的懦夫。我喜欢北方的狂风，因为当我们冲着黄沙望前进的时候，我们仿佛是斩将先登，冲锋陷阵的健儿，跟自然的大力肉搏，这是多么可歌可泣的壮举，同时除开耳孔鼻孔塞点沙土外，丝毫危险也没有，不管那时是怎地像煞有介事样子。冒险的嗜好哪个人没有，不过我们胆小，不愿白丢了生命，仁爱的上帝，因此给我们地蔽天的刮风，做我们安稳冒险的材料。住在江南的可怜虫，找不到这一天赐的机会，只得英雄做时势，迟些起来，自己创造机会。就是放假期间，十时半起床，早餐后抽完了烟，已经十一时过了，一想到今天打算做的事情一件也没有动手，赶紧忙着起来——天下里还有比无事忙更有趣味的事吗？若使你因为迟起挨到人家的闲话，那最少也可以打破你日常一波不兴无声无臭的生活。我想凡是尝过生活的深味的人一定会说痛苦比单调灰色生活强得多，因为痛苦是活的，灰色的生活却是死的象征。迟起本身好似是很懒惰的，但是它能够给我们最大的活气，使我们的生活跳动生姿；世上最懒惰不过的人们是那般黎明即起，老早把事做好，坐着呆呆地打呵欠的人们。迟起所有的这许多安慰，除开艺术，我们哪里还找得出来呢？许多人现在还不明白迟起的好处，这也可以证明迟起是一种艺术，因为只有艺术人们才会这样地不去睬它。

《懒惰汉的懒惰想头》是当代英国小品文家 Jerome K. Jerome（杰罗姆·凯·杰罗姆）的文集名字（*Idle Thoughts of an Idle Fellow*），集里所说的都是拉闲扯散，瞎三道四的废话，可是自带有幽默的深味，好似对于人生有比一般人更微妙的认识同玩味——这或者只是因为我自己也是懒惰汉，官官相卫，惺惺惜惺惺，那么也好，就随它去吧。"春宵一刻值千金"这句老话，是谁也知道的，我觉得换一个字，就可以做我的题目。连小小二句题目，都要东抄西袭凑合成的，不肯费心机自己去做一个，这也可以见我的懒惰了。

在副题目底下加了"之一"两字，自然是指明我还要继续写些这类无聊的小品文字，但是什么时候会写第二篇，那是连上帝都不敢预言的，我是那么懒惰。有时晚上想好了意思，第二天起得太早，心中一懊悔，什么好意思都忘却了。

春意挂上了树梢

萧红 / 文

　　三月花还没有开，人们嗅不到花香，只是马路上融化了积雪的泥泞干起来。天空打起朦胧的多有春意的云彩；暖风和轻纱一般浮动在街道上，院子里。春末了，关外的人们才知道春来。春是来了，街头的白杨树蹿着芽，拖马车的马冒着气，马车夫们的大毡靴也不见了，行人道上外国女人的脚又从长筒套鞋里显现出来。笑声，见面打招呼声，又复活在行人道上。商店为着快快地传播春天的感觉，橱窗里的花已经开了，草也绿了，那是布置着公园的夏景。我看得很凝神的时候，有人撞了我一下，是汪林，她也戴着那样小檐的帽子。

　　"天真暖啦！走路都有点热。"

　　看着她转过"商市街"，我们才来到另一家店铺，并不是买什么，只是看看，同时晒晒太阳。这样好的行人道，有树，也有椅子，坐在椅子上，把眼睛闭起，一切春的梦，春的谜，春的暖力……这一切把自己完全陷进去。听着，听着吧！春在歌唱……

"大爷，大奶奶……帮帮吧！……"这是什么歌呢，从背后来的？这不是春天的歌吧！

那个叫花子嘴里吃着个烂梨，一条腿和一只脚肿得把另一只显得好像不存在似的。

"我的腿冻坏啦！大爷，帮帮吧！唉唉……！"

有谁还记得冬天？阳光这样暖了！街树蹿着芽！

手风琴在隔道唱起来，这也不是春天的调，只要一看那个瞎人为着拉琴而挪歪的头，就觉得很残忍。瞎人他摸不到春天，他没有。坏了腿的人，他走不到春天，他有腿也等于无腿。

世界上这一些不幸的人，存在着也等于不存在，倒不如赶早把他们消灭掉，免得在春天他们会唱这样难听的歌。

汪林在院心吸着一支烟卷，她又换一套衣裳。那是淡绿色的，和树枝发出的芽一样的颜色。她腋下夹着一封信，看见我们，赶忙把信送进衣袋去。

"大概又是情书吧！"郎华随便说着玩笑话。

她跑进屋去了。香烟的烟缕在门外打了一下旋卷才消灭。

夜，春夜，中央大街充满了音乐的夜。流浪人的音乐，日本舞场的音乐，外国饭店的音乐……七点钟以后。中央大街的中段，在一条横口，那个很响的扩音机哇哇地叫起来，这歌声差不多响彻全街。若站在商店的玻璃窗前，会疑心是从玻璃发着震响。一条完全在风雪里寂寞的大街，今天第一次又嚎叫起来。

外国人！绅士样的，流氓样的，老婆子，少女们，跑了满街……有的连起人排来封闭住商店的窗子，但这只限于年轻人。也有的同唱机一样唱起来，但这也只限于年轻人。

这好像特有的年轻人的集会。他们和姑娘们一道说笑，和姑娘们连起排来走。中国人来混在这些卷发人中间，少得只有七分之一，或八分之一。但是汪林在其中，我们又遇到她。她和另一个也和她同样打扮漂亮的、白脸的女人同走……卷发的人用俄国话说她漂亮。她也用俄国话和他们笑了一阵。

中央大街的南端，人渐渐稀疏了。

墙根，转角，都发现着哀哭，老头子，孩子，母亲们……

哀哭着的是永久被人间遗弃的人们！那边，还望得见那边快乐的人群，还听得见那边快乐的声音。

三月，花还没有开，人们嗅不到花香。

夜的街，树枝上嫩绿的芽子看不见，是冬天吧？是秋天吧？但快乐的人们，不问四季总是快乐；哀哭的人们，不问四季也总是哀哭！

钓台的春昼

郁达夫 / 文

　　因为近在咫尺，以为什么时候要去就可以去，我们对于本乡本土的名区胜景，反而往往没有机会去玩，或不容易下一个决心去玩的。正惟其是如此，我对于富春江上的严陵，二十年来，心里虽每在记着，但脚却没有向这一方面走过。一九三一，岁在辛未，暮春三月，春服未成，而中央党帝，似乎又想玩一个秦始皇所玩过的把戏了，我接到了警告，就仓皇离去了寓居。先在江浙附近的穷乡里，游息了几天，偶尔看见了一家扫墓的行舟，乡愁一动，就定下了归计。绕了一个大弯，赶到故乡，却正好还在清明寒食的节前。和家人等去上了几处坟，与许久不曾见过面的亲戚朋友，来往热闹了几天，一种乡居的倦怠，忽而袭上心来了，于是乎我就决心上钓台访一访严子陵的幽居。

钓台去桐庐县城二十余里，桐庐去富阳县治九十里不足，自富阳溯江而上，坐小火轮三小时可达桐庐，再上则须坐帆船了。

我去的那一天，记得是阴晴欲雨的养花天，并且系坐晚班轮去的，船到桐庐，已经是灯火微明的黄昏时候了，不得已就只得在码头近边的一家旅馆的楼上借了一宵宿。

桐庐县城，大约有三里路长，三千多烟灶，一二万居民，地在富春江西北岸，从前是皖浙交通的要道，现在杭江铁路一开，似乎没有一二十年前的繁华热闹了。尤其要使旅客感到萧条的，却是桐君山脚下的那一队花船失去了踪影。说起桐君山，却是桐庐县的一个接近城市的灵山胜地，山虽不高，但因有仙，自然是灵了。以形势来论，这桐君山，也的确是可以产生出许多口音生硬、别具风韵的桐严嫂来的生龙活脉；地处在桐溪东岸，正当桐溪和富春江合流之所，依依一水，西岸便瞰视着桐庐县市的人家烟树。南面对江，便是十里长洲；唐诗人方干的故居，就在这"十里桐洲九里花"的花田深处。向西越过桐庐县城，更遥遥对着一排高低不定的青峦，这就是富春山的山子山孙了。东北面山下，是一片桑麻沃地，有一条长蛇似的官道，隐而复现，出没盘曲在桃花、杨柳、洋槐、榆树的中间，绕地一支小岭，便是富阳县的境界，大约去程明道的墓地程坟，总也不过一二十里地的间隔。我的去拜谒桐君，瞻仰道观，就在那一天到桐庐的晚上，是淡云微月，正在作雨的时候。

鱼梁渡头，因为夜渡无人，渡船停在东岸的桐君山下。我从旅馆踱了出来，先在离轮埠不远的渡口停立了几分钟。后来向一位来渡口洗夜饭米的少妇，弓身请问了一回，才得到了渡江的秘诀。她说："你只须高喊两三声，船自会来的。"先谢了她教我的好意，然后以两手围成了播音的喇叭，"喂，喂，渡船请摇过来！"地纵声一喊，果然在半江的黑影当中，船身摇动了。渐摇渐近，五分钟后，我在渡口，却终于听出了咿呀柔橹的声音。时间似乎已经入了酉时的下刻，小市里的群动，这时候都已经静息。自从渡口的那位少妇，在微茫的夜色里，藏去了她那张白团团的面影之后，我独立在江边，不知不觉心里头却兀自感到了一种他乡日暮的悲哀。渡船到岸，船头上起了几声微微的水浪清音，又铜东的一响，我早已跳上了船，渡船也已经掉过头来了。坐在黑影沉沉的舱里，我起先只在静听着柔橹划水的声音，然后却在黑影里看出了一星船家在吸着的长烟管头上的烟火，最后因为被沉默压迫不过，我只好开口说话了："船家！你这样地渡我过去，该给你几个船钱？"我问。"随你先生把几个就是。"船家的说话冗慢幽长，似乎已经带着些睡意了，我就向袋里摸出了两角钱来。"这两角钱，就算是我的渡船钱，请你候我一会，上山去烧一次夜香，我是依旧要渡过江来的。"船家的回答，只是恩恩乌乌，幽幽同牛叫似的一种鼻音，然而从继这鼻音而起的两三声轻快的咳声听来，他却似已经在感到满足了，因为我也知道，乡间的义渡，船钱最多也不过是两三枚铜子而已。

到了桐君山下，在山影和树影交掩着的崎岖道上，我上岸走不上几步，就被一块乱石绊倒，滑跌了一次。船家似乎也动了恻隐之心了，一句话也不发，跑将上来，他却突然交给了我一盒火柴。我于感谢了一番他的盛意之后，重整步武，再摸上山去，先是必须点一支火柴走三五步路的，但到得半山，路既就了规律，而微云堆里的半规月色，也朦胧地现出一痕银线来了，所以手里还存着的半盒火柴，就被我藏入了袋里。路是从山的西北，盘曲而上，渐走渐高，半山一到，天也开朗了一点，桐庐县市上的灯火，也星星可数了。更纵目向江心望去，富春江两岸的船上和桐溪合流口停泊着的船尾船头，也看得出一点一点的火来。走过半山，桐君观里的晚祷钟鼓，似乎还没有息尽，耳朵里仿佛听见了几丝木鱼钲钹的残声。走上山顶，先在半途遇着了一道道观外围的女墙，这女墙的栅门，却已经掩上了。在栅门外徘徊了一刻，觉得已经到了此门而不进去，终于是不能满足我这一次暗夜冒险的好奇怪癖的。所以细想了几次，还是决心进去，非进去不可，轻轻用手往里面一推，栅门却"呀"的一声，早已退向了后方开开了，这门原来是虚掩在那里的。进了栅门，踏着为淡月所映照的石砌平路，向东向南地前走了五六十步，居然走到了道观的大门之外，这两扇朱红漆的大门，不消说是紧闭在那里的。到了此地，我却不想再破门进去了，因为这大门是朝南向着大江开的，门外头是一条一丈来宽的石砌步道，步道的一旁是道观的墙，一旁便是山坡，靠山坡的一面，并且还有一道二尺来高的石墙筑在那里，大约是代替栏杆，防人倾跌下山去的用意，石墙之上，铺的是二三尺宽的青石，在这似石栏又似石凳的墙上，尽可以坐卧游息，饱看桐江和对岸的风景，就是在这里坐它一晚，也很可以，我又何必去打开门来，惊起那些老道的噩梦呢！

空旷的天空里，流涨着的只是些灰白的云，云层缺处，原也看得出半角的天和一点两点的星，但看起来最饶风趣的，却仍是欲藏还露，将见仍无的那半规月影。这时候江面上似乎起了风，云脚的迁移，更来得迅速了，而低头向江心一看，几多散乱着的船里的灯光，也忽明忽灭地变换了一变换位置。

这道观大门外的景色，真神奇极了。我当十几年前，在放浪的游程里，曾向瓜洲京口一带，消磨过不少的时日。那时觉得果然名不虚传的，确是甘露寺外的江山，而现在到了桐庐，昏夜上这桐君山来一看，又觉得这江山之秀而且静，风景的整而不散，却非那天下第一江山的北固山所可与比拟的了。真也难怪得严子陵，难怪得戴征士，倘使我若能在这样的地方结屋读书，颐养天年，那还要什么的高官厚禄，还要什么的浮名虚誉哩？一个人在这桐君观前的石凳上，看看山，看看水，看看城中的灯火和天上的星云，更做做浩无边际的无聊的幻梦，我竟忘记了时刻，忘记了自身，直等到隔江的击柝声传来，向西一看，忽而觉得城中的灯影微茫地减了，才跑也似的走下了山来，渡江奔回了客舍。

第二日侵晨，觉得昨天在桐君观前做过的残梦正还没有续完的时候，窗外面忽而传来了一阵吹角的声音。好梦虽被打破，但因这同吹箪篥似的商音哀咽，却很含着些荒凉的古意，并且晓风残月，杨柳岸边，也正好候船待发，上严陵去；所以心里虽怀着了些儿怨恨，但脸上却只现出了一痕微笑，起来梳洗更衣，叫茶房去雇船去。雇好了一只双桨的渔舟，买就了些酒菜鱼米，就在旅馆前面的码头上上了船，轻轻向江心摇出去的时候，东方的云幕中间，已现出了几丝红晕，有八点多钟了。舟师急得厉害，只在埋怨旅馆的茶房，为什么昨晚上不预先告诉，好早一点出发。因为此去就是七里滩头，无风七里，有风七十里，上钓台去玩一趟回来，路程虽则有限，但这几日风雨无常，说不定要走夜路，才回来得了的。

　　过了桐庐，江心狭窄，浅滩果然多起来了。路上遇着的来往的行舟，数目也是很少，因为早晨吹的角，就是往建德去的快班船的信号，快班船一开，来往于两岸之间的船就不十分多了。两岸全是青青的山，中间是一条清浅的水，有时候过一个沙洲，洲上的桃花菜花，还有许多不晓得名字的白色的花，正在喧闹着春暮，吸引着蜂蝶。我在船头上一口一口地喝着严东关的药酒，指东话西地问着船家，这是什么山，那是什么港，惊叹了半天，称颂了半天，人也觉得倦了，不晓得什么时候，身子却走上了一家水边的酒楼，在和数年不见的几位已经做了官的朋友高谈阔论。谈论之余，还背诵了一首两三年前曾在同一的情形之下做成的歪诗：

> 不是尊前爱惜身，
>
> 佯狂难免假成真，
>
> 曾因酒醉鞭名马，
>
> 生怕情多累美人。
>
> 劫数东南天作孽，
>
> 鸡鸣风雨海扬尘，
>
> 悲歌痛哭终何补，
>
> 义士纷纷说帝秦。

直到盛筵将散，我酒也不想再喝了，和几位朋友闹得心里各自难堪，连对旁边坐着的两位陪酒的名花都不愿意开口。正在这上下不得的苦闷关头，船家却大声的叫了起来说：

"先生，罗芷过了，钓台就在前面，你醒醒吧，好上山去烧饭吃去。"

擦擦眼睛，整了一整衣服，抬起头来一看，四面的水光山色又忽而变了样子了。清清的一条浅水，比前又窄了几分，四周的山包得格外的紧了，仿佛是前无去路的样子。并且山容峻削，看去觉得格外的瘦格外的高。向天上地下四围看看，只寂寂的看不见一个人类。双桨的摇响，到此似乎也不敢放肆了，钩的一声过后，要好半天才来一个幽幽的回响，静，静，静，身边水上，山下岩头，只沉浸着太古的静，死灭的静，山峡里连飞鸟的影子也看不见半只。前面的所谓钓台山上，只看得见两大个石垒，一间歪斜的亭子，许多纵横芜杂的草木。山腰里的那座祠堂，也只露着些废垣残瓦，屋上面连炊烟都没有一丝半缕，像是好久好久没有人住了的样子。并且天气又来得阴森，早晨曾经露一露脸过的太阳，这时候早已深藏在云堆里了，余下来的只是时有时无从侧面吹来的阴飕飕的半箭儿山风。船靠了山脚，跟着前面背着酒菜鱼米的船夫走上严先生祠堂的时候，我心里真有点害怕，怕在这荒山里要遇见一个干枯苍老得同丝瓜筋似的严先生的鬼魂。

在祠堂西院的客厅里坐定，和严先生的不知第几代的裔孙谈了几句关于年岁水旱的话后，我的心跳也渐渐儿地镇静下去了，嘱托了他以煮饭烧菜的杂务，我和船家就从断碑乱石中间爬上了钓台。

东西两石垒，高各有二三百尺，离江面约两里来远，东西台相去只有一二百步，但其间却夹着一条深谷。立在东台，可以看得出罗芷的人家，回头展望来路，风景似乎散漫一点，而一上谢氏的西台，向西望去，则幽谷里的风景，却绝对的不像是在人间了。我虽则没有到过瑞士，但到了西台，朝西一看，立时就想起了曾在照片上看见过的威廉退儿的祠堂。这四山的幽静，这江水的青蓝，简直同在画片上的珂罗版色彩，一色也没有两样；所不同的就是在这儿的变化更多一点，周围的环境更芜杂不整齐一点而已，但这却是好处，这正是足以代表东方民族性的颓废荒凉的美。

从钓台下来，回到严先生的祠堂——记得这是洪杨以后严州知府戴槃重建的祠堂——西院里饱啖了一顿酒肉，我觉得有点酩酊微醉了。手拿着以火柴柄制成的牙签，走到东面供着严先生神像的龛前，向四面的破壁上一看，翠墨淋漓，题在那里的，竟多是些俗而不雅的过路高官的手笔。最后到了南面的一块白墙头上，在离屋檐不远的一角高处，却看到了我们的一位新近去世的同乡夏灵峰先生的四句似邵尧夫而又略带感慨的诗句。夏灵峰先生虽则只知崇古，不善处今，但是五十年来，像他那样的顽固自尊的亡清遗老，也的确是没有第二个人。比较起现在的那些官迷的南满尚书和东洋宦婢来，他的经术言行，姑且不必去论它，就是以骨头来称称，我想也要比什么罗三郎郑太郎辈，重到好几百倍。慕贤的心一动，熏人的臭技自然是难熬了，堆起了几张桌椅，借得了一支破笔，我也向高墙上在夏灵峰先生的脚后放上了一个陈屁，就是在船舱的梦里，也曾微吟过的那一首歪诗。

从墙头上跳将下来，又向龛前天井去走了一圈，觉得酒后的干喉，有点渴痒了，所以就又走回到了西院，静坐着喝了两碗清茶。在这四大无声，只听见我自己的啾啾喝水的舌音冲击到那座破院的败壁上去的寂静中间，同惊雷似的一响，院后的竹园里却忽而飞出了一声闲长而又有节奏似的鸡啼的声来。同时在门外面歇着的船家，也走进了院门，高声地对我说：

"先生，我们回去吧，已经是吃点心的时候了，你不听见那只鸡在后山啼么？我们回去吧！"

第二章

槐序：人散夜静，淡月如钩

夏三虫

鲁迅 / 文

夏天近了，将有三虫：蚤，蚊，蝇。

假如有谁提出一个问题，问我三者之中，最爱什么，而且非爱一个不可，又不准像"青年必读书"那样的缴白卷的。我便只得回答道：跳蚤。

跳蚤的来吮血，虽然可恶，而一声不响地就是一口，何等直截爽快。蚊子便不然了，一针叮进皮肤，自然还可以算得有点彻底的，但当未叮之前，要哼哼地发一篇大议论，却使人觉得讨厌。如果所哼的是在说明人血应该给它充饥的理由，那可更其讨厌了，幸而我不懂。

野雀野鹿，一落在人手中，总时时刻刻想要逃走。其实，在山林间，上有鹰鹯，下有虎狼，何尝比在人手里安全。为什么当初不逃到人类中来，现在却要逃到鹰鹯虎狼间去？或者，鹰鹯虎狼之于它们，正如跳蚤之于我们罢。肚子饿了，抓着就是一口，决不谈道理，弄玄虚。被吃者也无须在被吃之前，先承认自己之理应被吃，心悦诚服，誓死不二。人类，可是也颇擅长于哼哼的了，害中取小，它们的避之惟恐不速，正是绝顶聪明。

苍蝇嗡嗡地闹了大半天，停下来也不过舐一点油汗，倘有伤痕或疮疖，自然更占一些便宜；无论怎么好的，美的，干净的东西，又总喜欢一律拉上一点蝇矢。但因为只舐一点油汗，只添一点腌臜，在麻木的人们还没有切肤之痛，所以也就将它放过了。中国人还不很知道它能够传播病菌，捕蝇运动大概不见得兴盛。它们的运命是长久的；还要更繁殖。

但它在好的，美的，干净的东西上拉了蝇矢之后，似乎还不至于欣欣然反过来嘲笑这东西的不洁：总要算还有一点道德的。

古今君子，每以禽兽斥人，殊不知便是昆虫，值得师法的地方也多着哪。

荷塘月色

朱自清 / 文

　　这几天心里颇不宁静。今晚在院子里坐着乘凉，忽然想起日日走过的荷塘，在这满月的光里，总该另有一番样子吧。月亮渐渐地升高了，墙外马路上孩子们的欢笑，已经听不见了；妻在屋里拍着闰儿，迷迷糊糊地哼着眠歌。我悄悄地披了大衫，带上门出去。

　　沿着荷塘，是一条曲折的小煤屑路。这是一条幽僻的路；白天也少人走，夜晚更加寂寞。荷塘四面，长着许多树，蓊蓊郁郁的。路的一旁，是些杨柳，和一些不知道名字的树。没有月光的晚上，这路上阴森森的，有些怕人。今晚却很好，虽然月光也还是淡淡的。

　　路上只我一个人，背着手踱着。这一片天地好像是我的；我也像超出了平常的自己，到了另一个世界里。我爱热闹，也爱冷静；爱群居，也爱独处。像今晚上，一个人在这苍茫的月下，什么都可以想，什么都可以不想，便觉是个自由的人。白天里一定要做的事，一定要说的话，现在都可不理。这是独处的妙处，我且受用这无边的荷香月色好了。

曲曲折折的荷塘上面，弥望的是田田的叶子。叶子出水很高，像亭亭的舞女的裙。层层的叶子中间，零星地点缀着些白花，有袅娜地开着的，有羞涩地打着朵儿的；正如一粒粒的明珠，又如碧天里的星星，又如刚出浴的美人。微风过处，送来缕缕清香，仿佛远处高楼上渺茫的歌声似的。这时候叶子与花也有一丝的颤动，像闪电般，霎时传过荷塘的那边去了。叶子本是肩并肩密密地挨着，这便宛然有了一道凝碧的波痕。叶子底下是脉脉的流水，遮住了，不能见一些颜色；而叶子却更见风致了。

月光如流水一般，静静地泻在这一片叶子和花上。薄薄的青雾浮起在荷塘里。叶子和花仿佛在牛乳中洗过一样；又像笼着轻纱的梦。虽然是满月，天上却有一层淡淡的云，所以不能朗照；但我以为这恰是到了好处——酣眠固不可少，小睡也别有风味的。月光是隔了树照过来的，高处丛生的灌木，落下参差的斑驳的黑影，峭楞楞如鬼一般；弯弯的杨柳的稀疏的倩影，却又像是画在荷叶上。塘中的月色并不均匀；但光与影有着和谐的旋律，如梵婀玲上奏着的名曲。

荷塘的四面，远远近近，高高低低都是树，而杨柳最多。这些树将一片荷塘重重围住；只在小路一旁，漏着几段空隙，像是特为月光留下的。树色一例是阴阴的，乍看像一团烟雾；但杨柳的丰姿，便在烟雾里也辨得出。树梢上隐隐约约的是一带远山，只有些大意罢了。树缝里也漏着一两点路灯光，没精打采的，是渴睡人的眼。这时候最热闹的，要数树上的蝉声与水里的蛙声；但热闹是它们的，我什么也没有。

忽然想起采莲的事情来了。采莲是江南的旧俗，似乎很早就有，而六朝时为盛；从诗歌里可以约略知道。采莲的是少年的女子，她们是荡着小船，唱着艳歌去的。采莲人不用说很多，还有看采莲的人。那是一个热闹的季节，也是一个风流的季节。梁元帝《采莲赋》里说得好：

　　于是妖童媛女，荡舟心许；鹢首徐回，兼传羽杯；棹将移而藻挂，船欲动而萍开。尔其纤腰束素，迁延顾步；夏始春余，叶嫩花初，恐沾裳而浅笑，畏倾船而敛裾。

可见当时嬉游的光景了。这真是有趣的事，可惜我们现在早已无福消受了。

于是又记起，《西洲曲》里的句子：

采莲南塘秋，莲花过人头；低头弄莲子，莲子清如水。

今晚若有采莲人，这儿的莲花也算得"过人头"了；只不见一些流水的影子，是不行的。这令我到底惦着江南了。——这样想着，猛一抬头，不觉已是自己的门前；轻轻地推门进去，什么声息也没有，妻已睡熟好久了。

夏天

汪曾祺 / 文

夏天的早晨真舒服。空气很凉爽，草尖还挂着露水（蜘蛛网上也挂着露水）。写大字一张，读古文一篇。夏天的早晨真舒服。

凡花大都是五瓣，栀子花却是六瓣。山歌云："栀子花开六瓣头。"栀子花粗粗大大，色白，近蒂处微绿，极香，香气简直有点叫人受不了，我的家乡人说是："碰鼻子香"。栀子花粗粗大大，又香得掸都掸不开，于是为文雅人不取，以为品格不高。栀子花说："去你妈的，我就是要这样香，香得痛痛快快，你们他妈的管得着吗！"

人们往往把栀子花和白兰花相比。苏州姑娘串街卖花，娇声叫卖："栀子花！白兰花！"白兰花花朵半开，娇娇嫩嫩，如象牙白玉，香气文静，但有点甜俗，为上海长三堂子的"倌人"所喜，因为听说白兰花要到夜间枕上才格外地香。我觉得红"倌人"的枕上之花，不如船娘鬓边花更为刺激。

夏天的花里最为幽静的是珠兰。

牵牛花短命。早晨沾露才开，午时即已萎谢。

秋葵也命薄。瓣淡黄，白心，心外有紫晕。风吹薄瓣，楚楚可怜。

凤仙花有单瓣者，有重瓣者。重瓣者如小牡丹，凤仙花茎粗肥，湖南人用以腌"臭咸菜"，此吾乡所未有。

马齿苋、狗尾巴草、益母草，都长得非常旺盛。

淡竹叶开浅蓝色小花，如小蝴蝶，很好看。叶片微似竹叶而较柔软。

"万把钩"即苍耳。因为结的小果上有许多小钩，碰到它就会挂在衣服上，得小心摘去。所以孩子叫它"万把钩"。

我们那里有一种"巴根草"，贴地而长，见缝扎根，一棵草蔓延开来，长了很多根，横的，竖的，一大片。而且非常顽强，拉扯不断。很小的孩子就会唱：

巴根草，

绿茵茵，

唱个唱，

把狗听。

最讨厌的是"臭芝麻"。掏蟋蟀、捉金铃子，常常沾了一裤腿。其臭无比，很难除净。

西瓜以绳络悬之井中，下午剖食，一刀下去，喀嚓有声，凉气四溢，连眼睛都是凉的。

天下皆重"黑籽红瓤"，吾乡独以"三白"为贵：白皮、白瓤、白籽。"三白"以东墩产者最佳。

香瓜有：牛角酥，状似牛角，瓜皮淡绿色，刨去皮，则瓜肉浓绿，籽赤红，味浓而肉脆，北京亦有，谓之"羊角蜜"；虾蟆酥，不甚甜而脆，嚼之有黄瓜香；梨瓜，大如拳，白皮，白瓤，生脆有梨香；有一种较大，皮色如虾蟆，不甚甜，而极"面"，孩子们称之为"奶奶哼"，说奶奶一边吃，一边"哼"。

蝈蝈，我的家乡叫作"叫蛐子"。叫蛐子有两种。一种叫"侉叫蛐子"。那真是"侉"，跟一个小驴子似的，叫起来"咶咶咶咶"很吵人。喂它一点辣椒，更吵得厉害。一种叫"秋叫蛐子"，全身碧绿如玻璃翠，小巧玲珑，鸣声亦柔细。

别出声，金铃子在小玻璃盒子里爬哪！它停下来，吃两口食——鸭梨切成小骰子块。它叫了："丁铃铃铃"……

乘凉。

搬一张大竹床放在天井里，横七竖八一躺，浑身爽利，暑气全消。看月华。月华五色晶莹，变幻不定，非常好看。月亮周围有一个模模糊糊的大圆圈，谓之"风圈"，近几天会刮风。"乌猪子过江了"——黑云漫过天河，要下大雨。

一直到露水下来，竹床子的栏杆都湿了，才回去，这时已经很困了，才沾藤枕（我们那里夏天都枕藤枕或漆枕），已入梦乡。

鸡头米老了，新核桃下来了，夏天就快过去了。

梧桐树

丰子恺 / 文

　　寓楼的窗前有好几株梧桐树。这些都是邻家院子里的东西，但在形式上是我所有的。因为它们和我隔着适当的距离，好像是专门种给我看的。它们的主人，对于它们的局部状态也许比我看得清楚；但是对于它们的全体容貌，恐怕始终没看清楚呢。因为这必须隔着相当的距离方才看见。唐人诗云："山远始为容。"我以为树亦如此。自初夏至今，这几株梧桐树在我面前浓妆淡抹，显出了种种的容貌。

　　当春尽夏初，我眼看见新桐初乳的光景。那些嫩黄的小叶子一簇簇地顶在秃枝头上，好像一堂树灯，又好像小学生的剪贴图案，布置均匀而带幼稚气。植物的生叶，也有种种技巧：有的新陈代谢，瞒过了人的眼睛而在暗中偷换青黄。有的微乎其微，渐乎其渐，使人不觉察其由秃枝变成绿叶，只有梧桐树的生叶，技巧最为拙劣，但态度最为坦白。它们的枝头疏而粗，它们的叶子平而大。叶子一生，全树显然变容。

在夏天，我又眼看见绿叶成阴的光景。那些团扇大的叶片，长得密密层层，望去不留一线空隙，好像一个大绿障；又好像图案画中的一座青山。在我所常见的庭院植物中，叶子之大，除了芭蕉以外，恐怕无过于梧桐了。芭蕉叶形状虽大，数目不多，那丁香结要过好几天才展开一张叶子来，全树的叶子寥寥可数。梧桐叶虽不及它大，可是数目繁多。那猪耳朵一般的东西，重重叠叠地挂着，一直从低枝上挂到树顶。窗前摆了几枝梧桐，我觉得绿意实在太多了。古人说"芭蕉分绿上窗纱"，眼光未免太低，只是阶前窗下的所见而已。若登楼眺望，芭蕉便落在眼底，应见"梧桐分绿上窗纱"了。

一个月以来，我又眼看见梧桐叶落的光景。样子真凄惨呢！最初绿色黑暗起来，变成墨绿；后来又由墨绿转成焦黄；北风一吹，它们大惊小怪地闹将起来，大大的黄叶便开始辞枝——起初突然地落脱一两张来；后来成群地飞下一大批来，好像谁从高楼上丢下来的东西。枝头渐渐地虚空了，露出树后面的房屋来、终于只剩几根枝条，回复了春初的面目。这几天它们空手站在我的窗前，好像曾经娶妻生子而家破人亡了的光棍，样子怪可怜的！我想起了古人的诗："高高山头树，风吹叶落去。一去数千里，何当还故处？"现在倘要搜集它们的一切落叶来，使它们一齐变绿，重还故枝，回复夏日的光景，即使仗了世间一切支配者的势力，尽了世间一切机械的效能，也是不可能的事了！回黄转绿世间多，但象征悲哀的莫如落叶，尤其是梧桐的落叶。

但它们的主人，恐怕没有感到这种悲哀。因为他们虽然种植了它们，所有了它们，但都没有看见上述的种种光景。他们只是坐在窗下瞧瞧它们的根干，站在阶前仰望它们的枝叶，为它们扫扫落叶而已，何从看见它们的容貌呢？何从感到它们的象征呢？可知自然是不能被占有的。可知艺术也是不能被占有的。

北平的夏天（节选）

老舍 / 文

在太平年月，北平的夏天是很可爱的。

红李，玉李，花红和虎拉车，相继而来。人们可以在一个担子上看到青的红的，带霜的发光的，好几种果品，而小贩得以充分的施展他的喉音，一口气吆喝出一大串儿来——"买李子耶，冰糖味儿的水果来耶；喝了水儿的，大蜜桃呀耶；脆又甜的大沙果子来耶……"

在最热的时节，也是北平人口福最深的时节。果子以外还有瓜呀！西瓜有多种，香瓜也有多种。西瓜虽美，可是论香味便不能不输给香瓜一步。况且，香瓜的分类好似有意的"争取民众"——那银白的，又酥又甜的"羊角蜜"假若适于文雅的仕女吃取，那硬而厚的，绿皮金黄瓤子的"三白"与"哈蟆酥"就适于少壮的人们试一试嘴劲，而"老头儿乐"，顾名思义，是使没牙的老人们也不至向隅的。

在端阳节，有钱的人便可以尝到汤山的嫩藕了。赶到迟一点鲜藕也下市，就是不十分有钱的，也可以尝到"冰碗"了——一大碗冰，上面覆着张嫩荷叶，叶上托着鲜菱角，鲜核桃，鲜杏仁，鲜藕，与香瓜组成的香，鲜，清，冷的酒菜儿。就是那吃不起冰碗的人们，不是还可以买些菱角与鸡头米，尝一尝"鲜"吗？

假若仙人们只吃一点鲜果，而不动火食，仙人在地上的洞府应当是北平啊！

天气是热的，可是一早一晚相当的凉爽，还可以作事。会享受的人，屋里放上冰箱，院内搭起凉棚，他就会不受到暑气的侵袭。假若不愿在家，他可以到北海的莲塘里去划船，或在太庙与中山公园的老柏树下品茗或摆棋。"通俗"一点的，什刹海畔借着柳树支起的凉棚内，也可以爽适的吃半天茶，哑几块酸梅糕，或呷一碗八宝荷叶粥。好热闹的，听戏是好时候，天越热，戏越好，名角儿们都唱双出。夜戏散台差不多已是深夜，凉风儿，从那槐花与荷塘吹过来的凉风儿，会使人精神振起，而感到在戏园受四五点钟的闷气并不冤枉，于是便哼着《四郎探母》什么的高高兴兴的走回家去。天气是热的，而人们可以躲开它。在家里，在公园里，在城外，都可以躲开它。假若愿远走几步，还可以到西山卧佛寺，碧云寺，与静宜园去住几天啊。就是在这小山上，人们碰运气还可以在野茶馆或小饭铺里遇上一位御厨，给作两样皇上喜欢吃的菜或点心。

雨的感想

周作人 / 文

　　今年夏秋之间北京的雨下得不太多，虽然在田地里并不旱干，城市中也不怎么苦雨，这是很好的事。北京一年间的雨量本来颇少，可是下得很有点特别，他把全年份的三分之二强在六七八月中间落了，而七月的雨又几乎要占这三个月份总数的一半。照这个情形说来，夏秋的苦雨是很难免的。在一九二四年和一九三八年，院子里的雨水上了阶沿，进到西书房里去，证实了我的苦雨斋的名称，这都是在七月中下旬。那种雨势与雨声想起来也还是很讨嫌，因此对于北京的雨我没有什么好感，像今年的雨量不多，虽是小事，但在我看来自然是很可感谢的了。

　　不过讲到雨，也不是可以一口抹杀，以为一定是可嫌恶的。这须得分别言之，与其说时令，还不如说要看地方而定。

在有些地方，雨并不可嫌恶，即使不必说是可喜。囫囵地说一句南方，恐怕不能得要领，我想不如具体地说明，在到处有河流，满街是石板路的地方，雨是不觉得讨厌的，那里即使会涨大水，成水灾，也总不至于使人有苦雨之感。我的故乡在浙东的绍兴，便是这样的一个好例。在城里，每条路差不多有一条小河平行着，其结果是街道上桥很多，交通利用大小船只，民间饮食洗濯依赖河水，大家才有自用井，蓄雨水为饮料。河岸大抵高四五尺，下雨虽多尽可容纳，只有上游水发，而闸门淤塞，下流不通，成为水灾，但也是田野乡村多受其害，城里河水是不至于上岸的。因此住在城里的人遇见长雨，也总不必担心水会灌进屋子里来，因为雨水都流入河里，河固然不会得满，而水能一直流去，不至停住在院子或街上者，则又全是石板路的关系。

我们不曾听说有下水沟渠的名称，但是石板路的构造仿佛是包含有下水计划在内的，大概石板底下都用石条架着，无论多少雨水全由石缝流下，一总到河里去。人家里边的通路以及院子即所谓明堂也无不是石板，室内才用大方砖砌地，俗名曰地平。在老家里有一个长方的院子，承受南北两面楼房的雨水，即使下到四十八小时以上，也不见它停留一寸半寸的水，现在想起来觉得很是特别。秋季长雨的时候，睡在一间小楼上或是书房内，整夜的听雨声不绝，固然是一种喧嚣，却也可以说是一种萧寂，或者感觉好玩也无不可，总之不会得使人忧虑的。吾家濂溪先生有一首《夜雨书窗》的诗云：

秋风扫暑尽，半夜雨淋漓。

绕屋是芭蕉，一枕万响围。

恰似钓鱼船，篷底睡觉时。

这诗里所写的不是浙东的事，但是情景大抵近似，总之说是南方的夜雨是可以的吧。在这里便很有一种情趣，觉得在书室听雨如睡钓鱼船中，倒是很好玩似的。不雨无论久暂，道路不会泥泞，院落不会积水，用不着什么忧虑，所有的唯一的忧虑只是怕漏。大雨急雨从瓦缝中倒灌而入，长雨则瓦都湿透了，可以浸润缘入，若屋顶破损，更不必说，所以雨中搬动面盆水桶，罗列满地，承接屋漏，是常见的事。民间故事说不怕老虎只怕漏，生出偷儿和老虎猴子的纠纷来，日本也有虎狼古屋漏的传说，可见此怕漏的心理分布得很是广远也。

下雨与交通不便本是很相关的，但在上边所说的地方也并不一定如此。一般交通既然多用船只，下雨时照样的可以行驶，不过篷窗不能推开，坐船的人看不到山水村庄的景色，或者未免气闷，但是闭窗坐听急雨打篷，如周濂溪所说，也未始不是有趣味的事。再说舟子，他无论遇见如何的雨和雪，总只是一蓑一笠，站在后艄摇他的橹，这不要说什么诗味画趣，却是看去总毫不难看，只觉得辛劳质朴，没有车夫的那种拖泥带水之感。还有一层，雨中水行同平常一样的平稳，不会像陆行的多危险，因为河水固然一时不能骤增，即使增涨了，如俗语所云，水涨船高，别无什么害处，其唯一可能的影响乃是桥门低了，大船难以通行，若是一人两桨的小船，还是往来自如。水行的危险盖在于遇风，春夏间往往于晴明的午后陡起风暴，中小船只在河港阔大处，又值舟子缺少经验，易于失事，若是雨则一点都不要紧也。坐船以外的交通方法还有步行。雨中步行，在一般人想来总很是困难的罢，至少也不大愉快。在铺着石板路的地方，这情形略有不同。因为是石板路的缘故，既不积水，亦不泥泞，行路困难已经几乎没有，余下的事只须防湿便好，这有雨具就可济事了。从前的人出门必带钉鞋雨伞，即是为此，只要有了雨具，又有脚力，在雨中要走多少里都可随意，反正地面都是石板，城坊无须说了，就是乡村间其通行大道至少有一块石板宽的路可走，除非走入小路岔道，并没有泥泞难行的地方。本来防湿的方法最好是不怕湿，赤脚穿草鞋，无往不便利平安，可是上策总难实行，常人还只好穿上钉鞋，撑了雨伞，然后安心地走到雨中去。我有过好多回这样的在大雨中间行走，到大街里去买吃食的东西，往返就要花两小时的工夫，一点都不觉得有什么困难。最讨厌的还是夏天的阵雨，出去时大雨如注，石板上一片流水，很高的钉鞋齿踏在上边，有如低板桥一般，倒也颇有意思。可是不久云收雨散，石板上的水经太阳一晒，随即干涸，我们走回来时把钉鞋踹在石板路上嘎哴嘎哴的响，自己也觉得怪寒伧的，街头的野孩子见了又要起哄，说是旱地乌龟来了。这是夏日雨中出门的人常有的经验，或者可以说是关于钉鞋雨伞的一件顶不愉快的事情吧。

以上是我对于雨的感想，因了今年北京夏天不大下雨而引起来的。但是我所说的地方的情形也还是民国初年的事，现今一定很有变更，至少路上石板未必保存得住，大抵已改成蹩脚的马路了吧。那么雨中步行的事便有点不行了，假如河中还可以行船，屋下水沟没有闭塞，在篷底窗下可以平安地听雨，那就已经是很可喜幸的了。

民国甲申，八月处暑节

老北京的夏天

肖复兴 / 文

一

在北京，真正热起来，是芒种之后。芒种过后，夏至到了。在周礼时代，夏至曾经被定为是一个伟大的节日。白天祭地，夜晚焚香，祈求灾消年丰，这是农业时代人们心底普遍的愿景。

对于老北京一般百姓而言，夏至这一天，更讲究的是民俗，民谚里说"冬至的馄饨夏至的面"，就是说这一天是要吃面条。夏至这一天的面，是要吃过水面的，就和头伏饺子一定是要吃素馅的一样。至于为什么，我不清楚，这就是长期以来民俗的力量。清乾隆年间的《帝京岁时记》一书中说：夏至"乃国之大典，京师于是日家家俱食冷淘面，即俗说过水面是也。乃都门之美品。向询及各省游历友人，咸以京师之冷淘面爽口适宜，天下无比"。极尽对夏至的过水面的溢美之词。不过，也说明好吃而适时，是民俗形成的因素之一。

夏至这一天，对于老北京普通百姓，还有一种吃食，是马齿苋，旧日老北京人称之为"长命菜"，要到天坛城根去挖来，夏至这一天吃才有效。这一传统，依然和过水面一样，来自民俗与民间，一直延续很久。我母亲在世的时候，每年这时候是要去天坛城根去挖这种马齿苋的。其实，就是一种野菜。

夏至这一天，如果不下雨，就是最好的时辰。传统民谚说："夏至到，鹿角解，蝉始鸣，半夏生，木槿荣。"这谚语说得非常有意思，前两句说物，鹿和蝉，一个动物，一个昆虫。鹿角成熟了，可以割角了；夏天炎热了，蝉开始叫唤了。这是典型夏至的标志，一个有形，一个有声，梅花鹿和金蝉，可以作为夏至的形象代言。

不过，我一直喜欢这个谚语的后两句，后两句说的是花，半夏和木槿都要开花了，这让夏至一下子和花木繁盛的春天有了对比和呼应，夏天并不仅是丰收的季节，也是花开的季节。如今，在北京城里，半夏很少能见到，但是，木槿却是公园和住宅小区里常见的。其实，夏至之后，盛开的不仅有木槿，合欢、紫薇、玉簪……也都会相继盛开。

张恨水喜欢北京的夏天，他曾经说："花上这么两毛钱，买上两三把玉簪红白晚香玉，向书桌上花瓶子一插，足香个两三天。"但是，民谚里不说这些花，为什么只选择了半夏和木槿作为代表，是有讲究的。不说半夏的药用价值，单说木槿，木槿在夏天长得最为茂盛，如果不加剪理，不几天就会铺展展长高，有点儿夏天狂放的野性劲头。说木槿荣，一个"荣"字，用得极其好，真的是其他的花都赶不上它。

当然，不仅局限于夏至这一天，整个夏天的天空，那时候，都是很美的。特别是七夕之夜，老北京人讲究乞巧。在我的小时候，乞巧，有两种玩法，一种是拔下家里的一根扫帚苗，把它劈开成薄薄的细细的针尖形状，然后把它放进院子里的鱼缸里，或者水盆里，在月光的照射下，和邻居孩子比，看谁的扫帚苗在水里的影子长，谁就赢了，因为谁就和天上的织女巧合对在一起了。一种是躲在葡萄架下听牛郎织女在由喜鹊搭的桥上相逢说话，谁能够听见，谁就有福气了。第一种，是女孩子的游戏。第二种，则男女孩子都可以玩。那时候，我住的大院后院里，有一个葡萄架，那一天晚上，我们一帮孩子都会挤进葡萄架下，听牛郎织女说话，但从来没有听到一次，觉得是大人骗我们的瞎话。大人们却说我们吵吵得太乱，得细声屏气才可以听到。

长大以后，看民国时的《帝京岁时记补稿笺》旧书，里面写到七夕这一天："月下穿针，花间斗草，水中泛花针，自作巧果，各出心裁，以示巧拙者。又使小儿者在葡萄架下井栏前偷听牛女哭声，又传喜鹊搭桥，次日视庭院喜鹊头必无毛。"才知道这一天小孩子的玩法这样多，更是头一次知道喜鹊搭桥是用掉了自己的羽毛，第二天如果看到喜鹊的话，它们的身上是没有毛的。这是多么好玩呀，老北京的夏天，让这些美丽的传说生龙活虎起来；这些美丽的传说，也让老北京的夏天，特别是孩子们的夏天的夜晚那样的色彩缤纷。

二

在北京，最热在小暑和大暑。这是老北京人最难熬的时候。老北京，别看作为都城，到了盛夏，无论是皇上，还是王公大臣，和平头百姓一样的难熬。最有意思的是，到了这时候，皇上要给各位大臣颁发冰票解暑。《燕京岁时记》中说："各衙门例有赐冰。届时由工部颁给冰票，自行领取，多寡不同，各有等差。"

看这则旧记，我总想笑，在没有冰箱和空调的年代里，盛夏的日子，解暑唯有靠冰，发的冰多少，居然由工部这样正儿八经的衙门颁发冰票，还得按官阶大小领取。这让现在的孩子，得笑掉大牙。

读过一本《北京民间风俗百图》，清同光年间版本，不知出自何人之手画成。其中有一幅题为"舍冰水图"，上有工整小楷题词："凡三伏时，官所门首搭一席棚，木桶盛凉水，上置冰一块，棚上挂黄布四块，写皇恩浩荡，民间施舍，写普结良缘，以为往来人止渴。"看出来从乾隆到同光冰的进展，不仅是衙门的赐冰，也有了官府的舍冰，冰从官员进入普通百姓之间。

在没有皇上的日子里，盛夏的人们再无须由工部颁发冰票取冰，或者搭席棚舍冰，普通人家也可以到冰窖厂去买冰了。旧京都，一北一南，各有一个冰窖厂，就都开始热闹起来了。专门在冬天结冰时藏于地下的冰窖厂，就等着天太热时节卖个好价钱。

由卖冰繁衍的生意，也逐渐多了起来，其中冰碗和铁皮冰箱是其中两种。冰碗，指的是几种夏季水果并置于碗中，碗的底部放着碎碎冰，是一种冰镇水果，叫作"水果碗"，很适合炎夏消暑。也有在碗里碎碎冰上面，放新鲜的莲子、藕片、菱角肉、鸡头米的，再在上面点缀鲜核桃仁和杏仁的，这种冰碗叫作"河鲜碗"。前辈邓云乡先生曾经专门写过文章，介绍在什刹海夏天的荷花市场上卖的这种河鲜碗，认为"是荷花市场最精美的食品"。

铁皮冰箱，张恨水有过专门的介绍，是一种"绿漆的洋铁冰箱，连红漆木架在内，只花两三元钱。每月再花一元五角钱，每日有送天然冰的，搬着四五斤重一块的大冰块，带了北冰洋的寒气，送进这冰箱。若是爱吃水果的朋友，花一二毛钱，把虎拉车（苹果之一种，小的）、大花红，脆甜瓜之类，放在冰箱里镇一镇，什么时候吃，什么时候拿出来，又凉又脆又甜"。

这样的铁皮冰箱，是如今冰箱的前身了。我没有见过，连听说都未曾听说过。这是有钱人的奢侈品，并不像张恨水说"只花两三元钱""再花一元五角钱"那样的轻松。那时候，一般人家每月才挣多少钱呀。不要说这样的冰箱，就是冰碗，虽然见过，却从来没有吃过。那时候，对于如我一样家庭生活拮据的人来说，能够买一盘刨冰，就已经是夏天很好的享受了。这种刨冰，是用机器将冰块搅碎，再在上面浇上一层兑上了颜色鲜艳的糖汁。对于我，已经很是"彻齿而沁心"了。

还有一种，叫作冰角子。以前，我是听都没有听说过的。读《燕京杂记》，里面说："冰角子，以面裹冰为小角，沸油煮之，内冷外热，亦甚可口。"猜想，大概就和现在的油炸冰激凌有几分相像。不过，这都是些有钱人能够吃的玩意儿。

冰窖厂一直存活于北平和平解放之后，那里还在存冰、卖冰。炎炎夏日，拉冰的板车常出入那里，东去三里河，西去珠市口，去各生意家送冰。我小时候，家离那儿不远，放学之后，我们一帮孩子常跟在车后面，手里攥着块砖头，偷偷砸下一小冰块，塞在嘴里当冰棍吃。这就是属于我这样的孩子不要钱的冰核儿。如今，这两个地名一直还在。只是前些日子我旧地重游，冰窖厂街已经基本拆干净了。原来的冰窖厂，北平解放后变为了一所学校，如今，已经拆平，建成了宽敞的马路。

老北京盛夏，还有一景，如今更是见不到了，便是借太阳之烈来晾晒衣物，以防虫蠹。老儒破书，贫女敝缊，寺中经文，都在晾晒之列。清时有诗说："辉煌陈列向日中，士民至今风俗同。"不过，不少寺庙每年这时候成了晒经会之后，风俗便开始变了味儿，逐渐成为庙会，人代替了经书，美女更是比经书养眼。《天咫偶闻》中说晒经会上"实无所晾，仕女云集，骈阗竟日而已"。

不过，这也可以看出老北京人对于生活的性情，贫也好，富也好，冷也罢，热也罢，无论在什么情况下，都能自寻其乐，用老北京话说，叫作"找乐儿"。

盛夏三伏天到来之际，早些年间，老北京人找乐儿最好的去处，是到东便门外的二闸游乐。二闸，又叫"庆丰闸"，在出东便门三里处。大运河到通州后，修通大通河之后到北京城，必要经过此地。当初从东便门的大通桥往东，一共修有五闸，都是为了蓄水，以备进入北京城的大通河水浅，妨碍船只的运输之需。

因有如此水景，二闸成为五闸中最出名者，《天咫偶闻》中说："二闸遂为游人荟萃之所，自五月朔至七月望，青帘画舫，酒肆歌台，令人疑在秦淮河上……随人意午饭必于闸上，酒肆小饮既酣，或征歌板，或阅水嬉，豪者不难挥霍万钱。"足见那时候在整个夏天二闸的鼎盛辉煌。不仅有酒肆茶楼林立，还有艺人演艺表演，水中泛舟游泳。特别有此地的小孩子，水性极好，外号叫"水耗子"，可以站在瀑布的高处，待游人扔入水中钱币乃至鼻烟壶或戒指之后，跳入水中，从水中捞出，成为当时一项游人趋之若鹜的节目。

对于老北京人而言，到二闸消暑游乐，在清末民初是和什刹海齐名的。1927年，沈从文和胡也频一起曾经游二闸。那时候，还有孩子为他们表演跳水捞钱的传统游戏，而且，看到以前十来丈长的运粮船，改成了娱乐喝茶的场所。他还感慨这是在学天桥，把运河最后一段的"二闸赋予北京人的意义，且富雅俗共赏的性质"。可是，民国中期之后，什刹海渐成气候，又近在内城，沈从文所说的二闸的这种性质与意义，便差了很多，日渐萎缩。特别到了大通桥随蟠桃宫一起被拆，大通河消失，二闸彻底消亡。如今，在二闸处新修了一座庆丰桥遗址公园，勉强为人们提供一个老北京消夏的回忆。

三

盛夏之际，在老北京，什刹海最为人爱去之处。《天咫偶闻》一书便记述了清末光绪年间什刹海的情景："长夏夕阴，火伞初敛，柳阴水曲，团扇风前，几席纵横，茶瓜狼藉，玻璃十顷卷浪溶溶，菡萏一枝，飘香冉冉，想唐代曲江，不过如是。"

特别是到了民国时期，一般人消暑度夏找乐儿，更爱去什刹海。民国有竹枝词说："消夏何如什刹海，红菱雪藕不论钱。"可以说，这是一年四季里什刹海最火爆的时候，如同春节里的集市。

那时候的什刹海，除了这样像天桥艺人练把式玩杂耍的之外，更引人注目的是在荷花盛开的水面上搭起凉棚，如同水榭，设有茶座，湖岸是一溜儿小摊林立，卖各种夏季时令小吃，琳琅满目，吃不胜吃。

今天的什刹海，依旧柳阴水曲，荷花满塘，还可以买得到子儿莲蓬。这样的炎热夏天里，老北京人讲究吃子儿莲蓬。除了子儿莲蓬，还爱喝荷叶粥，嚼藕的嫩芽。《酌中志》里说这样大暑节气里要："吃过水面，嚼银苗菜，即藕新嫩秧也。"

老北京人的夏天吃食，可谓五花八门。早年间，老北京是把面食统统都叫成饼，分为汤饼、炊饼和胡饼三类。胡饼是舶来品，火炉里烤的，如现在吃的烧饼；炊饼是上锅蒸的，如现在吃的馒头；汤饼便是面条，当然还包括馄饨，《长安客话》里记载："水沦而食者皆为汤饼。"

如今，北京人已经不叫汤饼了，面条从何时叫顺了口，我不大清楚，但清楚面条的种类虽然现在很多，但已经远不如以前丰富了。很多面条，如今吃不到了，手艺失传了，比如"蝴蝶面"和"温面"。《旧京纪事》里说的："蝴蝶面、水滑面、手掌面、切面、挂面……"水滑面大约说的是过水面，手掌面说的是刀削面，这个蝴蝶面，我是不知道究竟是一种什么面了。《旧京纪事》里还说："刑部街田家温面，出名最久，庙市之日，合食者不下千人。"这个这么多人喜欢的田家温面，究竟是一种什么样子的面，我也不知道了。

很多老北京的吃食，现在都已经无法找到了。《北平风物类征》一书引《忆京都词注》里说："京都多佳果，比如夏之火里冰，小于苹果，大于花红……皆南中所无。"不要说这个"火里冰"，就是"花红"，是一种什么水果，我连听说都没有听说过。

如今，流传至今仍然让北京人有口福值得珍爱的夏天食品，在我看来，是奶酪、酸梅汤和果子干。

奶酪是牛奶的一种变体，将牛奶煮沸，加冰糖，点白酒，冰镇而成，有点儿像酸奶。这是清朝入京后带来的旗人的夏天小吃，当时满语叫"乌他"，从皇宫流入市井，应该是清同治年间的事情。

老北京人，尤其是旗人，最爱吃这一口，从清末到民国一直到现在，对它一直赞不绝口。邓云乡先生就这样不吝美词说它："真是一种奶制的最好的夏季食品，用琼浆玉液来形容，是毫不为过的。"而且，奶酪的品种也有很多，《东华琐录》里说："有凝乳膏，所谓酪也。或饰以瓜子之属，谓之八宝，红白紫绿，斑斓可观。"八宝奶酪，只是其中一种，还有山楂酪、核桃酪和杏仁酪多种。一般卖奶酪的店铺或小摊，还兼卖奶卷和酪干，特别是那种琥珀色的酪干，真的是美味无比。能够将液体的牛奶做成半固态的奶酪，又能做成固体的酪干，真的是将牛奶发挥到了极致。

这种酪干和奶酪，做起来很麻烦，而且，成本远高过酸奶。但是，确实味道独特，出了北京城，还真的吃不着了。我姐姐一直住在呼和浩特，好多年没有回北京，前些年好不容易回来一趟，我问她想吃点儿什么老北京的吃食？她说想吃核桃酪。我满北京城地转悠，也没有找到一处卖核桃酪的。

我的孩子读中学的时候，到崇文门西边的梅园，第一次吃到奶酪，觉得好吃，然后，就带着同学到那里去吃，一吃都爱不释口。大学毕业之后，孩子到美国留学，毕业后留在美国工作，每一年从美国回到北京，准会先要跑到梅园，吃一碗奶酪，尝一尝酪干。这是他少年时候的味道，也是他北京的味道。

　　酸梅汤，老北京卖酸梅汤以信远斋和九龙斋最出名。民国时，徐霞村先生说："北平的酸梅汤以琉璃厂信远斋所售的最好。"那时候，有街头唱词唱："都门好，瓮洞九龙斋，冰镇涤汤香味满，醍醐灌顶暑氛开，两腋冷风催。"说的就是这两家。信远斋在琉璃厂，九龙斋在前门的瓮城，民国时瓮城拆除后，搬到肉市胡同北口。九龙斋，我小时候还见过，很快就销声匿迹。前两年，九龙斋重张旧帜，派人找过我，让我带他们到前门指认老店旧址。

　　信远斋，解放以后很长一段时间，起码到二十世纪八十年代，一直在琉璃厂。梅兰芳、马连良等好多京戏名角，都爱到那里喝这一口。店里一口青花瓷大缸，酸梅汤冰镇其中，现舀现卖。有传说信远斋每天会在店门口洒好多酸梅汤，让其散发的芬芳气味来吸引人，大概是夸张，爱这一口的，用不着这样的梅汤铺地，也照样熟门熟路去那里的。"文革"中，店名改了，酸梅汤还在卖，还卖一种梅花状的酸梅糕，颜色发黄，用水一冲，就是酸梅汤。插队时，我特意买这玩意儿，带回北大荒，用水冲成酸梅汤，以解思念北京之渴。

那时候，酸梅汤之所以被北京人认可，如九龙斋和信远斋这样的有声誉的店家，首先是原料选择极苛刻，乌梅只要广东东莞的；桂花只要杭州张长丰、张长裕这两家种植的；冰糖只要御膳房的……除选料讲究之外，制作工艺也是非同寻常的。曾看《燕京岁时记》和《春明采风志》，所记载并不详细，却大同小异，都是："以酸梅合冰糖煮之，调以玫瑰、木樨、冰水，其凉振齿。"看来，关键在"煮"和"调"的火候和手艺，于细微之处见功夫。这和完全靠配方大行其市的可乐做法，是完全不同的。

果子干，柿饼和杏干为主料，加以藕片、梨片、玫瑰枣，用大力丸煮汤，冰镇而成。好的果子干，浓稠如酪，酸甜可口，上面要浮一层薄冰。与酸梅汤和奶酪相比，它没有那样高贵的出身和讲究，一般用吃饭的大碗盛，是地道的平民夏天消暑的食品，既可以解渴，又可以解饱。

记忆里吃的果子干最正宗的一次，是二十世纪八十年代末，城南西罗园小区刚建成，四周还是一片木板围挡的工地，在工地的简易房里，见到一家专门卖果子干的小店，夫妻两人都刚刚下岗，开了这家小店。他们从父辈那里学来的祖传的手艺，那果子干做得地道，好吃不说，光看表面那一层颜色，就得让人佩服，柿饼的霜白，杏干的杏黄，枣的猩红，梨片和藕片的雪白，真的是养眼。关键是什么时候到那里吃，果子干上面都会浮着那一层透明如纸吹弹可破的薄冰。快四十年过去了，我再也没有见过这样漂亮可口的果子干了。

燕居夏亦佳

张恨水 / 文

　　到了阳历七月，在重庆真有流火之感。现在虽已踏进了八月，秋老虎虎视眈眈，说话就来，真有点谈热色变，咱们一回想到了北平，那就觉得当年久住在那儿，是人在福中不知福。不用说逛三海上公园，那里简直没有夏天。就说你在府上吧，大四合院里，槐树碧油油的，在屋顶上撑着一把大凉伞儿，那就够清凉。不必高攀，就凭咱们拿笔杆儿的朋友，院子里也少不了石榴盆景金鱼缸。这日子石榴结着酒杯那么大，盆里荷叶伸出来两三尺高，撑着盆大的绿叶儿，四围配上大小七八盆草木花儿，什么颜色都有，统共不会要你花上两元钱，院子里白粉墙下，就很有个意思。你若是摆得久了，卖花儿的，逐日会到胡同里来吆唤，换上一批就得啦。小书房门口，垂上一幅竹帘儿，窗户上糊着五六枚一尺的冷布，既透风，屋子里可飞不进来一只苍蝇。花上这么两毛钱，买上两三把玉簪花红白晚香玉，向书桌上花瓶子一插，足香个两三天。屋夹角里，放上一只绿漆的洋铁冰箱，连红漆木架在内，只花两三元钱。每月再花一元五角钱，每日有送天然冰的，搬着四五斤重一块的大冰块，带了北冰洋的寒气，送进这冰箱。若是爱吃水果的朋友，花一二毛钱，把虎拉车（苹果之一种，小的）、大花红，脆甜瓜之类，放在冰箱里镇一镇，什么时候吃，什么时候拿出来，又凉又脆又甜。再不然，买几大枚酸梅，五分钱白糖，煮上一大壶酸梅汤，向冰箱里一镇，到了两三点钟，槐树上知了儿叫得正酣，不用午睡啦，取出汤来，一个人一碗，全家喝他一个"透心儿凉"。

北平这儿，一夏也不过有七八天热上华氏九十度。其余的日子，屋子里平均总是华氏八十来度，早晚不用说，只有华氏七十来度。碰巧下上一阵黄昏雨，晚半晌睡觉，就非盖被不成。所以耍笔杆儿的朋友，在绿荫荫的纱窗下，鼻子里嗅着瓶花香，除了正午，大可穿件小汗衫儿，从容工作。若是喜欢夜生活的朋友，更好，电灯下，晚香玉更香。写得倦了，恰好胡同深处唱曲儿的，奏着胡琴弦子鼓板，悠悠而去。掀帘出望，残月疏星，风露满天，你还会缺少"烟士披里纯"吗？

苦夏

冯骥才 / 文

　　这一日，终于撂下扇子。来自天上清爽的风，忽吹得我衣袂飞举，并从袖口和裤管钻进来，把周身溜溜地抚动。我惊讶地看着阳光下依旧夺目的风景，不明白从前那个酷烈非常的夏天突然到哪里去了。

　　四季是来自于宇宙的最大的拍节。在每一个拍节里，大地的景观便全然变换与更新，四季还赋予地球以诗，故而悟性极强的中国人，在绝句中确立的法则是：起，承，转，合。这四个字恰恰就是四季的本质。起始如春，承续似夏，转变若秋，合拢为冬。合在一起，不正是地球生命完整的一轮？为此，天地间一切生命都依从这一拍节，无论岁岁枯荣与生死的花草百虫，还是长命百岁的漫漫人生。然而在这生命的四季里，最壮美和最热烈的不是这长长的夏么？

女人们孩提时的记忆散布在四季，男人们的童年往事大多是在夏天里。这是由于我们儿时的伴侣总是各种各样的昆虫。蜻蜓、天牛、蚂蚱、螳螂、蝴蝶、蝉、蚂蚁、蚯蚓，此外还有青蛙和鱼儿。它们都是夏日生活的主角；每种昆虫都给我们带来无穷的快乐。甚至我对家人和朋友们记忆最深刻的细节，也都与昆虫有关。比如妹妹一见到壁虎就发出一种特别恐怖的尖叫，比如邻家那个斜眼的男孩子专门残害蜻蜓，比如同班一个最好看的女生头上花形的发卡，总招来蝴蝶落在边上；再比如，父亲睡在铺了凉席的地板上，夜里翻身居然压死了一只蝎子。这不可思议的事使我感到父亲的无比强大。再后来父亲挨斗，挨整，写检查；我劝慰和宽解他，怕他自杀，替他写检查——那是我最初写作的内容之一。这时候父亲那种强大感便不复存在。生活中的一切事物，包括夏天的意味全都发生了变化。

在快乐的童年里，根本不会感到蒸笼般夏天的难耐与难熬。唯有在此后艰难的人生里，才体会到苦夏的滋味。快乐把时光缩短，苦难把岁月拉长，一如这长长的仿佛没有尽头的苦夏。但我至今不喜欢谈自己往日的苦楚与磨砺。相反，我却从中领悟到"苦"字的分量。苦，原是生活中的蜜。人生的一切收获都压在这沉甸甸的"苦"字下边。然而一般的"苦"字下边有一无所有。你用尽平生的力气，最终收获与初始时的愿望竟然去之千里。你该怎么想？

于是我懂得了这苦夏——它不是无尽头的暑热的折磨，而是我们顶着毒日当头默默有坚忍的苦斗的本身。人生的力量全是对手给的，那就是要把对手的压力吸入自己的骨头里。强者之力最主要的是承受力。只有在匪夷所思的承受中才会感到自己属于强者，也许为此，我的写作一大半是在夏季。很多作家包括普希金不都是在爽朗而惬意的秋天里开花结果？我却每每进入炎热的夏季，反而写作力加倍地旺盛。我想，这一定是那些沉重的人身的苦夏，锻造出我这个反常的性格习惯。我太熟悉那种写作久了，汗湿的胳膊粘在书桌的玻璃上的美妙无比的感觉。

在维瓦尔的《四季》中，我常常只听"夏"的一章。它使我激动，胜过春之蓬发、秋之灿烂、冬之静穆。友人说"夏"的一章，极尽华丽之美。我说我从中感受到的，确是夏的苦涩与艰辛，甚至还有一点儿悲壮。友人说，我在这音乐情境里已经放进去太多自己的故事。我点点头，并告诉他我的音乐体验。音乐的最高境界是超越听觉；不只是它给你，更是你给它。年年夏日，我都会这样体验一次夏的意义，从而激情迸发，心境昂然。一手撑着滚烫的酷暑，一手写下许多文字来。

今年我还发现，这伏夏不是被秋风吹去的，更不是给我们的扇子轰走的——

夏天是被它自己融化掉的。因为，夏天的最后一刻，总是它酷热的极致。我明白了，它是耗尽自己的一切，才显示出夏的无边的威力。生命的快乐是能量淋漓尽致的挥发。但谁能像它这样，用一种自焚的形式，创造出这火一样辉煌的顶点？

于是，我充满了夏之崇拜！我要一连跨过眼前辽阔的秋，悠长的冬和遥远的春，在一次与你相遇，我精神的无上境界——苦夏！

夏天的旅行

艾芜 / 文

夏天的早上，住厌了都市的人，单是在火车里，看见了蒙着薄雾的青色秧田，开着柠檬色小花的棉地和门前系着一两条黑色水牛的人家，已够心情爽朗了，何况在终点地方，欣欣迎人的，有点缀着海面的茶褐色的风帆和掠人衣袂的湿润海风呢。

夏天真是勾人旅行的季节呵！

在赴吴淞去的车上，心里禁不住暗自这样咏叹起来了。

鹤见佑辅论夏天的旅行："太阳将几百天以来，所储蓄的一切精力，摔在大地上。在这天和地的惨淡的战争中，人类当然不会独独震恐而退缩的。大批的人，便跳出了讨厌透了的自己的家，扑到大自然的怀里去。这就是旅行。"

这样看来，在暑天，旅行的人倒仿佛近于战士的了，其实呢，比如此次的游吴淞，我只觉得是不折不扣地偷闲而已，同自然抗争之气，是一点也没有的。倘真以炎天之下的远足为勇敢，则那些终日留在机器两侧锅炉旁边流汗的人，敢说他们是懦弱的吗！也许鹤见氏的话是对的，不过这只适合于向"夏日炎炎正好眠"的胖子们说教吧了。

旅行，是娱乐，尤其在夏天，这娱乐，应该普及到一切的人们，虽然，在此刻，又能算作梦想，但将来终归是会实现的。

"海风，蝉鸣，六月的太阳。"

住在吴淞的友人，来信说着这些诱人的字眼，我们便开始了夏天第一次的旅行。

在堤上当风走着是惬意的，就是把一双足酱在泥灰寸积的村道中，也很愉快的，因为人在但见屋瓦墙砖的环境里面脱逃出来，便好像得了莫大的解放似的。

坐在一家卖汽水的茅草店内，望见了海面天空和田野，人便觉得是做了大自然的儿子，躺在它的怀中一样。海风作声地吹着，依着藤椅就想呼呼地睡去，虽然我们的唇间，都在不时地流出使人不易倦怠的孩子气那样的话语。

藤桌旁边的泥地上，螃蟹悄悄地爬着，我们不去捉它，也不作声惊动，只是带笑地看着，让它自由自在的。

在村中饭店去，路过芦苇丰盛的池塘，便觉得在我们缓缓步去的足声中，应该有二三只野鸭，蓦地惊飞起来。虽然结果是野鸭一只也没有，但却想起屠格涅夫在《猎人日记》上所写的那些打野鸭的场面来了。因此我们在日光下，信口开河地谈话，便搭着了《猎人日记》这只船，开到了小说的海洋上面。

也许就因为是夏天吧，在海边上，很容易回忆起了南国，从前我所到过的那些殖民地国家。

虽然在这儿并没有看见椰子和芒果的树荫，但望着了精雅的洋式饭店，和店前草地上啜饮咖啡的白人，就好像我已回到了新加坡的海滨公园和仰光的绿绮湖畔一样。

心里起着这样不快的感觉：难道我们的国家，竟同缅甸、爪哇一般的么？

然而，实际上，倘若这时拭着额上的汗，在绿绮湖畔散步，或是海滨公园闲坐，我相信，一定是要更为愉快些。因为，至少不会在绿荫蓬草之间，看见了残缺的墙，和一片乱瓦，那些以往的战事痕迹。

甚么时候才是最愉快的夏天旅行呢？

我想：应该是一切人都能作一次夏天旅行的时候。

扬州的夏日

朱自清 / 文

　　扬州从隋炀帝以来，是诗人文士所称道的地方；称道的多了，称道得久了，一般人便也随声附和起来。直到现在，你若向人提起扬州这个名字，他会点头或摇头说：好地方！好地方！特别是没去过扬州而念过些唐诗的人，在他心里，扬州真像蜃楼海市一般美丽；他若念过《扬州画舫录》一类书，那更了不得了。但在一个久住扬州像我的人，他却没有那么多美丽的幻想，他的憎恶也许掩住了他的爱好；他也许离开了三四年并不去想它。若是想呢，——你说他想什么？女人；不错，这似乎也有名，但怕不是现在的女人吧？——他也只会想着扬州的夏日，虽然与女人仍然不无关系的。

　　北方和南方一个大不同，在我看，就是北方无水而南方有。诚然，北方今年大雨，永定河，大清河甚至决了堤防，但这并不能算是有水；北平的三海和颐和园虽然有点儿水，但太平衍了，一览而尽，船又那么笨头笨脑的。有水的仍然是南方。扬州的夏日，好处大半便在水上——有人称为瘦西湖，这个名字真是太瘦了，假西湖之名以行，雅得这样俗，老实说，我是不喜欢的。下船的地方便是护城河，曼衍开去，曲曲折折，直到平山堂，——这是你们熟悉的名字——有七八里河道，还有许多权权桠桠的支流。这条河其实也没有顶大的好处，只是曲折而有些幽静，和别处不同。

沿河最著名的风景是小金山，法海寺，五亭桥；最远的便是平山堂了。金山你们是知道的，小金山却在水中央。在那里望水最好，看月自然也不错——可是我还不曾有过那样福气。下河的人十之九是到这儿的，人不免太多些。法海寺有一个塔，和北海的一样，据说是乾隆皇帝下江南，盐商们连夜督促匠人造成的。法海寺著名的自然是这个塔；但还有一桩，你们猜不着，是红烧猪头。夏天吃红烧猪头，在理论上也许不甚相宜；可是在实际上，挥汗吃着，倒也不坏的。五亭桥如名字所示，是五个亭子的桥。桥是拱形，中一亭最高，两边四亭，参差相称；最宜远看，或看影子，也好。桥洞颇多，乘小船穿来穿去，另有风味。平山堂在蜀冈上。登堂可见江南诸山淡淡的轮廓；山色有无中一句话，我看是恰到好处，并不算错。这里游人较少，闲坐在堂上，可以永日。沿路光景，也以闲寂胜。从天宁门或北门下船。蜿蜒的城墙，在水里倒映着苍黝的影子，小船悠然地撑过去，岸上的喧扰像没有似的。

　　船有三种：大船专供宴游之用，可以挟妓或打牌。小时候常跟了父亲去，在船里听着谋得利洋行的唱片。现在这样乘船的大概少了吧？其次是小划子，真像一瓣西瓜，由一个男人或女人用竹篙撑着。乘的人多了，便可雇两只，前后用小凳子跨着：这也可算得方舟了。后来又有一种洋划，比大船小，比小划子大，上支布篷，可以遮日遮雨。洋划渐渐地多，大船渐渐地少，然而小划子总是有人要的。这不独因为价钱最贱，也因为它的伶俐。一个人坐在船中，让一个人站在船尾上用竹篙一下一下地撑着，简直是一首唐诗，或一幅山水画。而有些好事的少年，愿意自己撑船，也非小划子不行。小划子虽然便宜，却也有些分别。譬如说，你们也可想到的，女人撑船总要贵些；姑娘撑的自然更要贵。这些撑船的女子，便是有人说过的瘦西湖上的船娘。船娘们的故事大概不少，但我不很知道。据说以乱头粗服，风趣天然为胜；

中年而有风趣，也仍然算好。可是起初原是逢场作戏，或尚不伤廉惠；以后居然有了价格，便觉意味索然了。

北门外一带，叫做下街，茶馆最多，往往一面临河。船行过时，茶客与乘客可以随便招呼说话。船上人若高兴时，也可以向茶馆中要一壶茶，或一两种小笼点心，在河中喝着，吃着，谈着。回来时再将茶壶和所谓小笼，连价款一并交给茶馆中人。撑船的都与茶馆相熟，他们不怕你白吃。扬州的小笼点心实在不错：我离开扬州，也走过七八处大大小小的地方，还没有吃过那样好的点心；这其实是值得惦记的。茶馆的地方大致总好，名字也颇有好的。如香影廊，绿杨村，红叶山庄，都是到现在还记得的。绿杨村的幌子，挂在绿杨树上，随风飘展，使人想起绿杨城郭是扬州的名句。里面还有小池，丛竹，茅亭，景物最幽。这一带的茶馆布置都历落有致，迥非上海，北平方方正正的茶楼可比。

下河总是下午。傍晚回来，在暮霭朦胧中上了岸，将大褂折好搭在腕上，一手微微摇着扇子；这样进了北门或天宁门走回家中。这时候可以念又得浮生半日闲那一句诗了。

第三章

素商：山河忽晚，人间已秋

故都的秋

郁达夫 / 文

秋天，无论在什么地方的秋天，总是好的；可是啊，北国的秋，却特别地来得清，来得静，来得悲凉。我的不远千里，要从杭州赶上青岛，更要从青岛赶上北平来的理由，也不过想饱尝一尝这"秋"，这故都的秋味。

江南，秋当然也是有的，但草木凋得慢，空气来得润，天的颜色显得淡，并且又时常多雨而少风；一个人夹在苏州上海杭州，或厦门香港广州的市民中间，混混沌沌地过去，只能感到一点点清凉，秋的味，秋的色，秋的意境与姿态，总看不饱，尝不透，赏玩不到十足。秋并不是名花，也并不是美酒，那一种半开、半醉的状态，在领略秋的过程上，是不合适的。

不逢北国之秋，已将近十余年了。在南方每年到了秋天，总要想起陶然亭的芦花，钓鱼台的柳影，西山的虫唱，玉泉的夜月，潭柘寺的钟声。在北平即使不出门去吧，就是在皇城人海之中，租人家一椽破屋来住着，早晨起来，泡一碗浓茶，向院子一坐，你也能看得到很高很高的碧绿的天色，听得到青天下驯鸽的飞声。从槐树叶底，朝东细数着一丝一丝漏下来的日光，或在破壁腰中，静对着像喇叭似的牵牛花（朝荣）的蓝朵，自然而然地也能够感觉到十分的秋意。说到了牵牛花，我以为以蓝色或白色者为佳，紫黑色次之，淡红色最下。最好，还要在牵牛花底，叫长着几根疏疏落落的尖细且长的秋草，使作陪衬。

北国的槐树，也是一种能使人联想起秋来的点缀。像花而又不是花的那一种落蕊，早晨起来，会铺得满地。脚踏上去，声音也没有，气味也没有，只能感出一点点极微细极柔软的触觉。扫街的在树影下一阵扫后，灰土上留下来的一条条扫帚的丝纹，看起来既觉得细腻，又觉得清闲，潜意识下并且还觉得有点儿落寞，古人所说的梧桐一叶而天下知秋的遥想，大约也就在这些深沉的地方。

秋蝉的衰弱的残声，更是北国的特产，因为北平处处全长着树，屋子又低，所以无论在什么地方，都听得见它们的啼唱。在南方是非要上郊外或山上去才听得到的。这秋蝉的嘶叫，在北方可和蟋蟀耗子一样，简直像是家家户户都养在家里的家虫。

还有秋雨哩，北方的秋雨，也似乎比南方的下得奇，下得有味，下得更像样。

在灰沉沉的天底下，忽而来一阵凉风，便息列索落地下起雨来了。一层雨过，云渐渐地卷向了西去，天又晴了，太阳又露出脸来了，着着很厚的青布单衣或夹袄的都市闲人，咬着烟管，在雨后的斜桥影里，上桥头树底下去一立，遇见熟人，便会用了缓慢悠闲的声调，微叹着互答着地说：

"唉，天可真凉了——"（这"了"字念得很高，拖得很长。）

"可不是么？一层秋雨一层凉了！"

北方人念"阵"字，总老像是"层"字，平平仄仄起来，这念错的歧韵，倒来得正好。

北方的果树，到秋天，也是一种奇景。第一是枣子树，屋角，墙头，茅房边上，灶房门口，它都会一株株地长大起来。像橄榄又像鸽蛋似的这枣子颗儿，在小椭圆形的细叶中间，显出淡绿微黄的颜色的时候，正是秋的全盛时期，等枣树叶落，枣子红完，西北风就要起来了，北方便是沙尘灰土的世界，只有这枣子、柿子、葡萄，成熟到八九分的七八月之交，是北国的清秋的佳日，是一年之中最好也没有的 Golden Days（黄金时间）。

有些批评家说，中国的文人学士，尤其是诗人，都带着很浓厚的颓废的色彩，所以中国的诗文里，赞颂秋的文字的特别的多。但外国的诗人，又何尝不然？我虽则外国诗文念的不多，也不想开出帐来，做一篇秋的诗歌散文钞，但你若去一翻英德法意等诗人的集子，或各国的诗文的 Anthology（文选）来，总能够看到许多关于秋的歌颂和悲啼。各著名的大诗人的长篇田园诗或四季诗里，也总以关于秋的部分，写得最出色而最有味。足见有感觉的动物，有情趣的人类，对于秋，总是一样地特别能引起深沉，幽远、严厉、萧索的感触来的。不单是诗人，就是被关闭在牢狱里的囚犯，到了秋天，我想也一定能感到一种不能自已的深情，秋之于人，何尝有国别，更何尝有人种阶级的区别呢？不过在中国，文字里有一个"秋士"的成语，读本里又有着很普遍的欧阳子的《秋声》与苏东坡的《赤壁赋》等，就觉得中国的文人，与秋的关系特别深了，可是这秋的深味，尤其是中国的秋的深味，非要在北方，才感受得到底。

南国之秋，当然也是有它的特异的地方的，比如廿四桥的明月，钱塘江的秋潮，普陀山的凉雾，荔枝湾的残荷等等，可是色彩不浓，回味不永。比起北国的秋来，正像是黄酒之与白干，稀饭之与馍馍，鲈鱼之与大蟹，黄犬之与骆驼。

秋天，这北国的秋天，若留得住的话，我愿把寿命的三分之二折去，换得一个三分之一的零头。

秋林晚步

王统照 / 文

"枯桑叶易零，疲客心易惊！今兹亦何早，已闻络纬鸣。迥风灭且起，卷蓬息复征……百物方萧瑟，坐叹从此生！"

中国文人以"秋"为肃杀凄凉的节季，所以天高日回，烟霏云敛的话，常常在诗文中可以读到。实在由一个丰缛的盛夏，转到深秋，便易觉到萧凄之感。登山临水，偶然看见清脱的峰峦，澄明的潭水，或者一只远飞的孤雁，一片堕地的红叶，这须臾中的间隔，便有"物谢岁微"，抚赏怨情的滋味，充满心头！因为那凋零的，扫落的，肃杀的，冷静的景物，自然的摇落，是凄零的声，灰淡的色，能够使你弹琴没有谐调，饮酒失却欢情。

"春"以花艳，"夏"以叶鲜，说到"秋"来，便不能不以林显了。花欲其娇丽，叶欲其密茂，而林则以疏，以落而愈显，茂林，密林，丛林，固然是令人有苍苍翳翳之感，然而究不如秃枯的林木，在那些曲径之旁，飞蓬之下，分外有诗意，有异感。疏枝，霜叶之上，有高苍而带有灰色面目的晴空，有络纬，蟋蟀及不知名的秋虫凄鸣在林下。或者是天寒荒野，或者是日暮清溪，在这种地方偶然经过，枫、柏、白杨的挺立，朴疏小树的疲舞，加上一声两声的昏鸦，寒虫，你如果到那里，便自然易生凄寥的感动。常想人类的感觉难加以详密的分析；即有分析也不过是物质上的说明，难得将精神的分化说个详尽。从前见太侔与人信中说：心理学家多少年的苦心的发明，恒不抵文学家一语道破……所以像为时令及景物的变化，而能化及人的微妙的感觉，这非容易说明的。实感的精妙处，实非言语学问所能说得出，解得透。心与物的应感，时既不同，人人也不相似。"抚己忽自笑，沉吟为谁故？"即合起古今来的诗人，又哪一个能够说得毫无执碍呢？

还是向秋林下作一迟回的寻思吧。是在一抹的密云之后，露出淡赭色的峰峦，那里有陂陀的斜径，由萧疏的林中穿过。矫立的松柏，半落叶子的杉树，以及几行待髡的秋柳……那乱石清流边，一个人儿独自在林下徘徊，天色是淡黄的，为落日斜映，现出凄迷朦胧的景象，不问便知是已近黄昏了。这已近黄昏的秋林独步，像是一片凄清的音乐由空中流出。

"残阳已下，凉风东升，偶步疏林，落叶随风作响，如诉其不胜秋寒者！……"

这空中的画幅的作者，明明用诗的散文告诉我们秋林下的幽趣，与人的密感。远天下的鸣鸿，秋原上的枯草，正可与这秋林中的独行者相慰寂寞。

秋之凄戾，晚之默对，如果那是个易感的诗人，他的清泪当潸然滴上襟袖；如果他是个少年，对此疏林中的瞑色，便又在冥茫之下生出惆怅的心思，在这时所有的生动，激愤，忧切，合成一个密点的网子，融化在这秋晚的憧憬的景物之中，拾不起的，剪不断的，丢不下的只有凄凄地微感；这微感却正是诗人心中的灵明的火焰！它虽不能烧却野草，使之燎原，然而那无凭的，空虚的感动，已竟在暮色清寥中，将此奇秘的宇宙，融化成一个原始的中心。

一切精微感觉的迫压我们，只有"不胜"二字足以代表。若使完全容纳在心中，便无复洋溢有余的寻思：若使它隔得我们远远的，至多也不过如看风景画片值得一句赞叹。

然而身在实感之中，又若"不胜"，于是他不能自禁，也不能想好法来安排了。落叶如"不胜"秋寒，而落叶林下的人儿，恐怕也觉得"不胜秋"了！况且那令人眷念怅寻的黄昏，又加上一层凋零的肃杀的意味呢！

真的，这一幅小小的绘画，将我的冥思引起。疏言画成赠我，又值此初秋，令人坐对着画儿，遥听着海边的落叶声，焉能不有一点莫能言说的惆怅！

济南的秋天

老舍 / 文

  济南的秋天是诗境的。设若你的幻想中有个中古的老城，有睡着了的大城楼，有狭窄的古石路，有宽厚的石城墙，环城流着一道清溪，倒映着山影，岸上蹲着红袍绿裤的小妞儿。你的幻想中要是这么个境界，那便是济南。设若你幻想不出——许多人是不会幻想的——请到济南来看看吧。

  请你在秋天来。那城，那河，那古路，那山影，是终年给你预备着的。可是，加上济南的秋色，济南由古朴的画境转入静美的诗境中了。这个诗意的秋光秋色是济南独有的。上帝把夏天的艺术赐给瑞士，把春天的赐给西湖，秋和冬的全赐给了济南。秋和冬是不好分开的，秋睡熟了一点便是冬，上帝不愿意把它忽然唤醒，所以作个整人情，连秋带冬全给了济南。

  诗的境界中必须有山有水。那末，请看济南吧。那颜色不同，方向不同，高矮不同的山，在秋色中便越发的不同了。以颜色说吧，山腰中的松树是青黑的，加上秋阳的斜射，那片青黑便多出些比灰色深，比黑色浅的颜色，把旁边的黄草盖成一层灰中透黄的阴影。山脚是镶着各色条子的，一层层的，有的黄，有的灰，有的绿，有的似乎是藕荷色儿。山顶上的色儿也随着太阳的转移而不同。山顶的颜色不同还不重要，山腰中的颜色不同才真叫人想作几句诗。山腰中的颜色是永远在那儿变动，特别是在秋天，那阳光能够忽然清凉一会儿，忽然又温暖一会儿，这个变动并不激烈，可是山上的颜色觉得出这个变化，而立刻随着变换。忽然黄色更真了一些，忽然又暗了一些，忽然像有层看不见的薄雾在那儿流动，忽然像有股细风替"自然"调合着彩色，轻轻的抹上一层各色俱全而全是淡美的色道儿。有这样的山，再配上那蓝的天，晴暖的阳光；蓝得像要由蓝变绿了，可又没完全绿了；晴暖得要发燥了，可是有点凉风，正像诗一样的温柔；这便是济南的秋。况且因为颜色的不同，那山的高低也更显然了。高的更高了些，低的更低了些，山的棱角曲线在晴空中更真了，更分明了，更瘦硬了。看山顶上那个塔！

再看水。以量说，以质说，以形式说，哪儿的水能比济南？有泉——到处是泉——有河，有湖，这是由形式上分。不管是泉是河是湖，全是那么清，全是那么甜，哎呀，济南是"自然"的 Sweat heart（情人）吧？大明湖夏日的莲花，城河的绿柳，自然是美好的了。可是看水，是要看秋水的。济南有秋山，又有秋水，这个秋才算个秋，因为秋神是在济南住家的。先不用说别的，只说水中的绿藻吧。那份儿绿色，除了上帝心中的绿色，恐怕没有别的东西能比拟的。这种鲜绿全借着水的清澄显露出来，好像美人借着镜子鉴赏自己的美。是的，这些绿藻是自己享受那水的甜美呢，不是为谁看的。它们知道它们那点绿的心事，它们终年在那儿吻着水波，做着绿色的香梦。淘气的鸭子，用黄金的脚掌碰它们一两下。浣女的影儿，吻它们的绿叶一两下。只有这个，是它们的香甜的烦恼。羡慕死诗人呀！

在秋天，水和蓝天一样的清凉。天上微微有些白云，水上微微有些波皱。天水之间，全是清明，温暖的空气，带着一点桂花的香味。山影儿也更真了。秋山秋水虚幻地吻着。山儿不动，水儿微响。那中古的老城，带着这片秋色秋声，是济南，是诗。

秋

丰子恺 / 文

　　我的年岁上冠用了"三十"二字，至今已两年了。不解达观的我，从这两个字上受到了不少的暗示与影响。虽然明明觉得自己的体格与精力比二十九岁时全然没有什么差异，但"三十"这一个观念笼在头上，犹之张了一顶阳伞，使我的全身蒙了一个暗淡色的阴影，又仿佛在日历上撕过了立秋的一页以后，虽然太阳的炎威依然没有减却，寒暑表上的热度依然没有降低，然而只当得余威与残暑，或霜降木落的先驱，大地的节候已从今移交于秋了。

　　实际，我两年来的心情与秋最容易调和而融合。这情形与从前不同。在往年，我只慕春天。我最欢喜杨柳与燕子。尤其欢喜初染鹅黄的嫩柳。我曾经名自己的寓居为"小杨柳屋"，曾经画了许多杨柳燕子的画，又曾经摘取秀长的柳叶，在厚纸上裱成各种风调的眉，想象这等眉的所有者的颜貌，而在其下面添描出眼鼻与口。那时候我每逢早春时节，正月二月之交，看见杨柳枝的线条上挂了细珠，带了隐隐的青色而"遥看近却无"的时候，我心中便充满了一种狂喜，这狂喜又立刻变成焦虑，似乎常常在说："春来了！不要放过！赶快设法招待它，享乐它，永远留住它。"我读了"良辰美景奈何天"等句，曾经真心地感动。以为古人都太息一春的虚度，前车可鉴！到我手里决不放它空过了。最是逢到了古人惋惜最深的寒食清明，我心中的焦灼便更甚。那一天我总想有一种足以充分酬偿这佳节的举行。我准拟作诗，作画，或痛饮，漫游。虽然大多不被实行；或实行而全无效果，反而中了酒，闹了事，换得了不快的回忆；但我总不灰心，总觉得春的可恋。我心中似乎只有知道春，别的三季在我都当作春的预备，或待春的休息时间，全然不曾注意到它们的存在与意义。而对于秋，尤无感觉：因为夏连续在春的后面，在我可当作春的过剩；冬先行在春的前面，在我可当作春的准备；独有与春全无关联的秋，在我心中一向没有它的位置。

自从我的年龄告了立秋以后，两年来的心境完全转了一个方向，也变成秋天了。然而情形与前不同：并不是在秋日感到像昔日的狂喜与焦灼。我只觉得一到秋天，自己的心境便十分调和。非但没有那种狂喜与焦灼，且常常被秋风秋雨秋色秋光所吸引而融化在秋中，暂时失却了自己的所在。而对于春，又并非像昔日对于秋的无感觉。我现在对于春非常厌恶。每当万象回春的时候，看到群花的斗艳，蜂蝶的扰攘，以及草木昆虫等到处争先恐后地滋生繁殖的状态，我觉得天地间的凡庸，贪婪，无耻，与愚痴，无过于此了！尤其是在青春的时候，看到柳条上挂了隐隐的绿珠，桃枝上着了点点的红斑，最使我觉得可笑又可怜。我想唤醒一个花蕊来对它说："啊！你也来反复这老调了！我眼看见你的无数的祖先，个个同你一样地出世，个个努力发展，争荣竞秀；不久没有一个不憔悴而化泥尘。你何苦也来反复这老调呢？如今你已长了这孽根，将来看你弄娇弄艳，装笑装颦，招致了蹂躏，摧残，攀折之苦，而步你的祖先们的后尘！"

实际，迎送了三十几次的春来春去的人，对于花事早已看得厌倦，感觉已经麻木，热情已经冷却，决不会再像初见世面的青年少女似地为花的幻姿所诱惑而赞之，叹之，怜之，惜之了。况且天地万物，没有一件逃得出荣枯，盛衰，生灭，有无之理。过去的历史昭然地证明着这一点，无须我们再说。古来无数的诗人千遍一律地为伤春惜花费词，这种效颦也觉得可厌。假如要我对于世间的生荣死灭费一点词，我觉得生荣不足道，而宁愿欢喜赞叹一切的死灭。对于前者的贪婪，愚昧，与怯弱，后者的态度何等谦逊，悟达，而伟大！我对于春与秋的舍取，也是为了这一点。

夏目漱石三十岁的时候，曾经这样说："人生二十而知有生的利益；二十五而知有明之处必有暗；至于三十的今日，更知明多之处暗亦多，欢浓之时愁亦重。"我现在对于这话也深抱同感；有时又觉得三十的特征不止这一端，其更特殊的是对于死的体感。青年们恋爱不遂的时候惯说生生死死，然而这不过是知有"死"的一回事而已，不是体感。犹之在饮冰挥扇的夏日，不能体感到围炉拥衾的冬夜的滋味。就是我们阅历了三十几度寒暑的人，在前几天的炎阳之下也无论如何感不到浴日的滋味。围炉，拥衾，浴日等事，在夏天的人的心中只是一种空虚的知识，不过晓得将来须有这些事而已，但是不能体感它们的滋味。须得入了秋天，炎阳逗尽了威势而渐渐退却，汗水浸胖了的肌肤渐渐收缩，身穿单衣似乎要打寒噤，而手触法兰绒觉得快适的时候，于是围炉，拥衾，浴日等知识方能渐渐融入体验界中而化为体感。我的年龄告了立秋以后，心境中所起的最特殊的状态便是这对于"死"的体感。以前我的思虑真疏浅！以为春可以常在人间，人可以永在青年，竟完全没有想到死。又以为人生的意义只在于生，我的一生最有意义，似乎我是不会死的。直到现在，仗了秋的慈光的鉴照，死的灵气钟育，才知道生的甘苦悲欢，是天地间反复过亿万次的老调，又何足珍惜？我但求此生的平安的度送与脱出而已。犹之罹了疯狂的人，病中的颠倒迷离何足计较？但求其去病而已。

我正要搁笔，忽然西窗外黑云弥漫，天际闪出一道电光，发出隐隐的雷声，骤然洒下一阵夹着冰雹的秋雨。啊！原来立秋过得不多天，秋心稚嫩而未曾老练，不免还有这种不调和的现象，可怕哉！

秋光中的西湖

庐隐 / 文

我像是负重的骆驼般，终日不知所谓地向前奔走着；突然心血来潮，觉得这种不能喘气的生涯，不容再继续了，因此便决定到西湖去，略事休息。

在匆忙中上了沪杭的火车，同行的有朱、王二女士和建，我们相对默然地坐着。不久车身蠕蠕而动了，我不禁叹了一口气道："居然离开了上海。"

"这有什么奇怪，想去便去了！"建似乎不以我多感慨的态度为然。

查票的人来了，建从洋服的小袋里掏出了四张来回票，同时还带出一张小纸头来，我捡起来，看见上面写着："到杭州：第一大吃而特吃，大玩而特玩……"真滑稽，这种大计划也值得大书而特书；我这样说着递给朱、王二女士看，她们也不禁哈哈大笑了。

来到嘉兴时，天已大黑。我们肚子都有些饿了，但火车上的大菜既贵又不好吃，我便提议吃茶叶蛋，便想叫茶房去买，他好像觉得我们太吝啬，坐二等车至少应当吃一碗火腿炒饭，所以他冷笑道："要到三等车里才买得到。"说着他便一溜烟跑了。

"这家伙真可恶！"建愤怒地说着，最后他只得自己跑到三等车去买了来。吃茶叶蛋我是拿手，一口气吃了四个半，还觉得肚子里空无所有，不过当我伸手拿第五个蛋时，被建一把夺了去，一面埋怨道："你这个人真不懂事，吃那么许多，等些时又要闹胃痛了。"

这一来只好咽一口唾沫算了。王女士却向我笑道："看你个子很瘦小，吃起东西来倒很凶！"其实我只能吃茶叶蛋，别的东西倒不可一概而论呢！——我很想这样辩护，但一转念，到底觉得无谓，所以也只有淡淡地一笑，算是我默认了。

车子进杭州城站时，已经十一点半了，街上的店铺多半都关了门，几盏黯淡的电灯，放出微弱的黄光，但从火车上下来的人，却吵成一片，挤成一堆，此外还有那些客栈的招揽生意的茶房，把我们围得水泄不通，不知花了多少力气，才打出重围叫了黄包车到湖滨去。

车子走过那石砌的马路时，一些熟悉的记忆浮上我的观念里来。一年前我同建曾在这幽秀的湖山中作过寓公，转眼之间早又是一年多了，人事只管不停地变化，而湖山呢，依然如故，清澈的湖波，和笼雾的峰峦似笑我奔波无谓吧！

我们本决意住清泰第二旅馆，但是到那里一问，已经没有房间了，只好到湖滨旅馆去。

深夜时我独自凭着望湖的碧栏，看夜幕沉沉中的西湖。天上堆叠着不少的雨云，星点像怕羞的女郎，踯躅于流云间，其光隐约可辨。十二点敲过许久了，我才回到房里睡下。

晨光从白色的窗幔中射进来，我连忙叫醒建，同时我披了大衣开了房门。一阵沁肌透骨的秋风，从桐叶梢头穿过，飒飒的响声中落下了几片枯叶，天空高旷清碧，昨夜的雨云早已躲得无影无踪了。秋光中的西湖，是那样冷静，幽默，湖上的青山，如同深绿的玉色，桂花的残香，充溢于清晨的气流中。这时我忘记我是一只骆驼，我身上负有人生的重担。我这时是一只紫燕，我翱翔在清隆的天空中，我听见神祇的赞美歌，我觉到灵魂的所在地……这样的，被释放不知多少时候，总之我觉得被释放的那一刹那，我是从灵宫的深处流出最惊喜的泪滴了。

建悄悄地走到我的身后，低声说道："快些洗了脸，去访我们的故居吧！"

多怅惘呵，他惊破了我的幻梦，但同时又被他引起了怀旧的情绪，连忙洗了脸，等不得吃早点便向湖滨路崇仁里的故居走去。到了弄堂门口，看见新建的一间白木的汽车房，这是我们走后唯一的新鲜东西。此外一切都不曾改变，墙上贴着一张招租的帖子，一看是四号吉房招租……"呀！这正是我们的故居，刚好又空起来了，喂，隐！我们再搬回来住吧！"

"事实办不到……除非我们发了一笔财……"我说。

这时我们已到那半开着的门前了，建轻轻推门进去。小小的院落，依然是石缝里长着几根青草，几扇红色的木门半掩着。我们在客厅里站了些时，便又到楼上去看了一遍，这虽然只是最后几间空房，但那里面的气氛，引起我们既往的种种情绪，最使我们觉到怅然的是陈君的死。那时他每星期六多半来找我们玩，有时也打小牌，他总是摸着光头懊恼地说道："又打错了！"这一切影像仍逼真地现在目前，但是陈君已作了古人，我们在这空洞的房子里，沉默了约有三分钟，才怅然地离去。走到弄堂门的时候，正遇到一个面熟的娘姨——那正是我们邻居刘君的女仆，她很殷勤地要我们到刘家坐坐。我们难却她的盛意，随她进去。刘君才起床，他的夫人替小孩子穿衣服。我们这两个不速之客够使他们惊诧了。谈了一些别后的事情，抽过一支烟后，我们告辞出来。到了旅馆里，吃过鸡丝面，王、朱两位女士已在湖滨叫小划子，我们讲定今天一天玩水，所以和船夫讲定到夜给他一块钱，他居然很高兴地答应了。我们买了一些菱角和瓜子带到划子上去吃。船夫是一个五十多岁的忠厚老头子，他洒然地划着。温和的秋阳照着我——使全身的筋肉都变成松缓，懒洋洋地靠在长方形有藤椅背上。看着划桨所激起的波纹，好像万道银蛇蜿蜒不息。这时船已在三潭印月前面，白云庵那里停住了。我们上了岸，走进那座香烟阒然的古庙，一个老和尚坐在那里向阳。菩萨案前摆了一个签筒，我先抱起来摇了一阵，得了一个上上签，于是朱、王二女士同建也都每人摇出一根来。我们大家拿了签条嘻嘻哈哈笑了一阵，便拜别了那四个怒目咧嘴的大金刚，仍旧坐上船向前泛去。

　　船身微微地撼动，仿佛睡在儿时的摇篮里，而我们的同伴朱女士，她不住地叫头疼。建像是天真般的同情地道："对了，我也最喜欢头疼，随便到哪里去，一吃力就头疼，尤其是昨夜太劳碌了不曾睡好。"

"就是这话了，"朱女士说，"并且，我会晕车！"

"晕车真难过……真的呢！"建故作正经地同情她，我同王女士禁不住大笑，建只低着头，强忍住他的笑容，这使我更要大笑。船泛到湖心亭，我们在那里站了些时，有些感到疲倦了，王女士提议去吃饭。建讲："到了实行我'大吃而特吃'的计划的时候了。"

我说："如要大吃特吃，就到'楼外楼'去吧，那是这西湖上有名的饭馆，去年我们曾在这里遇到宋美龄呢！"

"哦，原来如此，那我们就去吧！"王女士说。

果然名不虚传，门外停了不少辆的汽车，还有几个丘八先生点缀这永不带有战争气氛的湖边。幸喜我们运气好，仅有唯一的一张空桌，我们四个人各霸一方，但是我们为了大家吃得痛快，互不牵掣起见，各人叫各人的菜，同时也各人出各人的钱，结果我同建叫了五只湖蟹，一尾湖鱼，一碗鸭掌汤，一盘虾子冬笋；她们二位女士所叫的菜也和我们大同小异。但其中要推王女士是个吃喝能手，她吃起湖蟹来，起码四五只，而且吃得又快又干净。再衬着她那位最不会吃湖蟹的朋友朱女士，才吃到一个的时候，便叫起头疼来。

"那么你不要吃了，让我包办吧！"王女士笑嘻嘻地说。

"好吧！你就包办……我想吃些辣椒，不然我简直吃不下饭去。"朱女士说。

"对了，我也这样，我们两人真是事事相同，可以说百分之九九一样，只有一分不一样……"建一本正经地说。

"究竟不同是哪一分呢！"王女士问。

"你真笨伯，这点都不知道，一个是男人，一个是女人呵！"建说。

这时朱女士正捧着一碗饭待吃，听了这话笑得几乎把饭碗摔到地上去。

"简直是一群疯子。"我心里悄悄地想着，但是我很骄傲，我们到现在还有疯的兴趣。于是把我们久已抛置的童年心情，从坟墓里重新复活，这不能说这不是奇迹罢！

黄昏的时候，我们的船荡到艺术学院的门口，我同建去找一个朋友，但是他已到上海去了。我们嗅了一阵桂花的香风后，依然上船。这时凉风阵阵地拂着我们的肌肤，朱女士最怕冷，裹紧大衣，仍然不觉得暖，同时东方的天边已变成灰黯的色彩，虽然西方还漾着几道火色的红霞，而落日已堕到山边，只在我们一霎眼的工夫，已经滚下山去了。远山被烟雾整个的掩蔽着，一望苍茫。小划子轻泛着平静的秋波，我们好像驾着云雾，冉冉地已来到湖滨。上岸时，湖滨已是灯火明耀，我们的灵魂跳出模糊的梦境。虽说这马路上依然是可以漫步无碍，但心情却已变了。回到旅馆吃了晚饭后，我们便商量玩山的计划：上山一定要坐山兜，所以叫了轿班的头老，说定游玩的地点和价目。这本是小问题，但是我们却充分讨论了很久：第一因为山兜的价钱太贵，我同朱女士有些犹疑；可是建同王女士坚持要坐，结果是我们失败了，只得让他们得意扬扬地吩咐轿班第二天早晨七点钟来。

今日是十月九日——正是阴历重九后一日，所以登高的人很多，我们上了山兜，出涌金门，先到净慈观去看浮木井——那是济颠和尚的灵迹。但是在我看来不过一口平凡的井而已，所闻木头浮在当中的话，始终是半信半疑。

出了净慈观又往前走，路渐荒芜，虽然满地不少黄色的野花，半红的枫叶，但那透骨的秋风，唱出飒飒瑟瑟的悲调，不禁使我又悲又喜。像我这样劳碌的生命，居然能够抽出空闲的时间来听秋蝉最后的哀调，看枫叶鲜艳的色彩，领略丹桂清绝的残香，——灵魂绝对的解放，这真是万千之喜。但是再一深念，国家危难，人生如寄，此景此色只是增加人们的哀痛，又不禁悲从中来了……我尽管思绪如麻，而那抬山兜的夫子，不断地向前进行，渐渐地已来到半山之中。这时我从兜子后面往下一看，但见层崖叠壁，山径崎岖，不敢胡思乱想了。捏着一把汗，好容易来到山顶，才吁了一口长气，在一座古庙里歇下了。

同时有一队小学生也兴致勃勃地奔上山来，他们每人手里拿了一包水果一点吃的东西，都在庙堂前面院子里的雕栏上坐着边唱边吃。我们上了楼，坐在回廊上的藤椅上，和尚泡了上好的龙井茶来，又端了一碟瓜子。我们坐在藤椅上，东望西湖，漾着滟滟光波；南望钱塘，孤帆飞逝，激起白沫般的银浪。把四围无限的景色，都收罗眼底。我们正在默然出神的时候，忽听朱女士说道："适才上山我真吓死了，若果摔下去简直骨头都要碎的，等会儿我情愿走下去。"

"对了，我也是害怕，回头我们两人走下去罢，让她们俩坐轿！"建说。

"好的。"朱女士欣然地说。

我知道建又在使促狭，我不禁望着他好笑。他格外装得活像说道："真的，我越想越可怕，那样陡峭的石级，而且又很滑，万一夫子脚一软那还了得……"建补充的话和他那种强装正经的神气，只惹得我同王女士笑得流泪。一个四十多岁的和尚，他悄然坐在大殿里，看见我们这一群疯子，不知他作何感想，但见他默默无言只光着眼睛望着前面的山景。也许他也正忍俊不禁，所以只好用他那眼观鼻，鼻观心的苦功罢！我们笑了一阵，喝了两遍茶才又乘山兜下山。朱女士果然实行她步行的计划，但是和她表同情的建，却趁朱女士回头看山景的一刹那，悄悄躲在轿子里去了。

"喂！你怎么又坐上去了？"朱女士说。

"呀！我这时忽然想开了，所以就不怕摔……并且我还有一首诗奉劝朱女士不要怕，也坐上去罢！"

"到底是诗人……快些念来我们听听罢！"我打趣他。

"当然，当然，"他说着便高声念道，"坐轿上高山，头后脚在先。请君莫要怕，不会成神仙。"

这首诗又使得我们哄然大笑。但是朱女士却因此一劝，她才不怕摔，又坐上山兜了。中午的时候我们在龙井的前面斋堂里吃了一顿素菜。那个和尚说得一口漂亮的北京话，我因问他是不是北方人。他说："是的，才从北方游方驻扎此地。"这和尚似乎还文雅，他的庙堂里挂了不少名人的字画，同时他还问我在什么地方读书，我对他说家里蹲大学，他似解似不解地诺诺连声地应着，而建的一口茶已喷了一地。这简直是太大煞风景，我连忙给了他三块钱的香火资，跑下楼去。这时日影已经西斜了，不能再流连风景。不过黄昏的山色特别富丽，彩霞如垂幔般地垂在西方的天际，青翠的岗峦笼罩着一层干绡似的烟雾，新月已从东山冉冉上升，远远如弓形的白堤和明净的西湖都笼在沉沉暮霭中。我们的心灵浸醉于自然的美景里，永远不想回到热闹的城市去。但是轿夫们不懂得我们的心事，只顾奔他们的归程。"唷咿"一声山兜停了下来，我们翱翔着的灵魂，重新被摔到满是陷阱的人间。于是疲乏无聊，一切的情感围困了我们。

晚饭后草草收拾了行装，预备第二天回上海。这秋光中的西湖又成了灵魂上的一点印痕，生命的一页残史了。

可怜被解放的灵魂眼看着它垂头丧气地又进了牢囚。

异国秋思

庐隐 / 文

　　自从我们搬到郊外以来，天气渐渐清凉了。那短篱边牵延着的毛豆叶子，已露出枯黄的颜色来，白色的小野菊，一丛丛由草堆里攒出头来，还有小朵的黄花在凉劲的秋风中抖颤，这一些景象，最容易勾起人们的秋思，况且身在异国呢！低声吟着"帘卷西风，人比黄花瘦"之句，这个小小的灵宫，是弥漫了怅惘的情绪。

　　书房里格外显得清寂，那窗外蔚蓝如碧海似的青天，和淡金色的阳光，还有夹着桂花香的阵风，都含了极强烈的，挑拨人类心弦的力量。在这种刺激之下，我们不能继续那死板的读书工作了。在那一天午饭后，波便提议到附近吉祥寺去看秋景，三点多钟我们乘了市外电车前去，——这路程太近了，我们的身体刚刚坐稳便到了。走出长甬道的车站，绕过火车轨道，就看见一座高耸的木牌坊，在横额上有几个汉字写着"井之头恩赐公园"。我们走进牌坊，便见马路两旁树木葱茏，绿阴匝地，一种幽妙的意趣，萦缭脑际，我们怔怔地站在树影下，好像身入深山古林了。在那枝柯掩映中，一道金黄色的柔光正荡漾着。使我想象到一个披着金绿柔发的仙女，正赤着足，踏着白云，从这里经过的情景。再向西方看，一抹彩霞，正横在那迭翠的峰峦上，如黑点的飞鸦，穿林翩翩，我一缕的愁心真不知如何安排，我要吩咐征鸿它带回故国吧！无奈它是那样不着迹地去了。

我们徘徊在这浓绿深翠的帷幔下，竟忘记前进了。一个身穿和服的中年男人，脚上穿着木屐，提塔提塔地来了。他向我们打量着，我们为避免他的觑视，只好加快脚步走向前去。经过这一带森林，前面有一条鹅卵石堆成的斜坡路，两旁种着整齐的冬青树，只有肩膀高，一阵阵的青草香，从微风里荡过来。我们慢步地走着，陡觉神气清爽，一尘不染。下了斜坡，面前立着一所小巧的东洋式的茶馆，里面设了几张小矮几和坐褥，两旁列着柜台，红的蜜橘，青的苹果，五色的杂糖，错杂地罗列着。

"呀！好眼熟的地方！"我不禁失声地喊了出来。于是潜藏在心底的印象，陡然一幕幕地重映出来，唉！我的心有些抖颤了，我是被一种感怀已往的情绪所激动，我的双眼怔住，胸膈间充塞着悲凉，心弦凄紧地搏动着。自然是回忆到那些曾被流年蹂躏过的往事：

"唉！往事，只是不堪回首的往事呢！"我悄悄地独自叹息着。但是我目前仍然有一幅逼真的图画再现出来……

一群骄傲于幸福的少女们，她们孕育着玫瑰色的希望，当她们将由学校毕业的那一年，曾随了她们德高望重的教师，带着欢乐的心情，渡过日本海来访蓬莱的名胜。在她们登岸的时候，正是暮春三月樱花乱飞的天气，那些缀锦点翠的花树，都是使她们乐游忘倦。她们从天色才黎明，便由东京的旅舍出发；先到上野公园看过樱花的残妆后，又换车到井之头公园来。这时疲倦袭击着她们，非立刻找个地点休息不可。最后她们发现了这个位置清幽的茶馆，便立刻决定进去吃些东西。大家团团围着矮凳坐下，点了两壶龙井茶，和一些奇甜的东洋点心，她们吃着喝着，高声谈笑着，她们真像是才出谷的雏莺；只觉眼前的东西，件件新鲜，处处都富有生趣。当然她们是被搂在幸福之神的怀抱里了。青春的爱娇，活泼快乐的心情，她们是多么可艳羡的人生呢？

但是流年把一切都毁坏了！谁能相信今天在这里低徊追怀往事的我，也正是当年幸福者之一呢！哦！流年，残酷的流年呵！它带走了人间的爱娇，它蹂躏了英雄的壮志，使我站在这似曾相识的树下，只有咽泪，我有什么方法，使年光倒流呢！

唉！这仅仅是九年后的今天。呀，这短短的九年中，我走的是崎岖的世路，我攀缘过陡峭的崖壁，我由死的绝谷里逃命，使我尝着忍受由心头淌血的痛苦，命运要我喝干自己的血汗。如同喝玫瑰酒一般……

唉！这一切的刺心回忆，我忍不住流下辛酸的泪滴，连忙离开这容易激动感情的地方吧！我们便向前面野草漫径的小路上走去。忽然听见一阵悲恻的唏嘘声，我仿佛看见张着灰色翅翼的秋神，正躲在那厚密的枝叶背后。立时那些枝叶都窸窸窣窣地颤抖起来。草底下的秋虫，发出连续的唧唧声，我的心感到一阵阵的凄冷，不敢向前去，找到路旁一张长木凳子坐下。我用滞呆的眼光，向那一片阴阴森森的丛林里睁视，当微风分开枝柯时，我望见那小河里的潺潺碧水了。水上皱起一层波纹，一只小划子，从波纹上溜过。两个少女摇着桨，低声唱着歌儿。我看到这里，又无端感触起来。觉到喉头梗塞，不知不觉叹道："故国不堪回首呵！"同时那北海的红漪清波浮现眼前，那些手携情侣的男男女女，恐怕也正摇着画桨，指点着眼前清丽秋景，低语款款吧！况且又是菊茂蟹肥时候，料想长安市上，车水马龙，正不少欢乐的宴聚，这飘泊异国，秋思凄凉的我们当然是无人想起的。不过，我们却深深的眷怀着祖国，渴望得些好消息呢！况且我们又是神经过敏的，揣想到树叶凋落的北平，凄风吹着，冷雨洒着的那些穷苦的同胞，也许正向茫茫的苍天悲诉呢！唉，破碎紊乱的祖国呵！北海的风光不能粉饰你的寒伧！来今雨轩的灯红酒绿，不能安慰忧患的人生，深深眷念着祖国的我们，这一颗因热望而颤抖的心，最后是被秋风吹冷了。

印度洋上的秋思

徐志摩 / 文

昨夜中秋。黄昏时西天挂下一大帘的云母屏，掩住了落日的光潮，将海天一体化成暗蓝色，寂静得如黑衣尼在圣座前默祷。过了一刻，即听得船梢布篷上窸窸窣窣啜泣起来，低压的云夹着迷蒙的雨色，将海线逼得像湖一般窄，沿边的黑影，也辨认不出是山是云，但涕泪的痕迹，却满布在空中水上。

又是一番秋意！那雨声在急骤之中，有零落萧疏的况味，连着阴沉的气氲，只是在我灵魂的耳畔私语道："秋！"我原来无欢的心境，抵御不住那样温婉的浸润，也就开放了春夏间所积受的秋思，和此时外来的怨艾构合，产出一个弱的婴儿——"愁"。

天色早已沉黑，雨也已休止。但方才啜泣的云，还疏松地幕在天空，只露着些惨白的微光，预告明月已经装束齐整，专等开幕。同时船烟正在莽莽苍苍地吞吐，筑成一座蟒鳞的长桥，直联及西天尽处，和轮船泛出的一流翠波白沫，上下对照，留恋西来的踪迹。

北天云幕豁处，一颗鲜翠的明星，喜孜孜地先来问探消息，像新嫁媳的侍婢，也穿扮得遍体光艳。但新娘依然姗姗未出。

我小的时候，每于中秋夜，呆坐在楼窗外等看"月华"。若然天上有云雾缭绕，我就替"亮晶晶的月亮"担扰。若然见了鱼鳞似的云彩，我的小心就欣欣怡悦，默祷着月儿快些开花，因为我常听人说只要有"瓦楞"云，就有月华；但在月光放彩以前，我母亲早已逼我去上床，所以月华只是我脑筋里一个不曾实现的想象，直到如今。

现在天上砌满了瓦楞云彩，霎时间引起了我早年许多有趣的记忆——但我的纯洁的童心，如今哪里去了！

月光有一种神秘的引力。她能使海波咆哮，她能使悲绪生潮。月下的喟息可以结聚成山，月下的情泪可以培畤百亩的畹兰，千茎的紫琳耿。我疑悲哀是人类先天的遗传，否则，何以我们几年不知悲感的时期，有时对着一泻的清辉，也往往凄心滴泪呢?

但我今夜却不曾流泪。不是无泪可滴,也不是文明教育将我最纯洁的本能锄净,却为是感觉了神圣的悲哀,将我理解的好奇心激动,想学契古特白登(今译"夏多布里昂")来解剖这神秘的"眸冷骨累"。冷的智永远是热的情的死仇。他们不能相容的。

但在这样浪漫的月夜,要来练习冷酷的分析,似乎不近人情!所以我的心机一转,重复将锋快的智力剧起,让沉醉的情泪自然流转,听他产生什么音乐,让绻缱的诗魂漫自低回,看他寻出什么梦境。

明月正在云岩中间,周围有一圈黄色的彩晕,一阵阵的轻霭,在她面前扯过。海上几百道起伏的银沟,一齐在微叱凄其的音节,此外不受清辉的波域,在暗中坟坟涨落,不知是怨是慕。

我一面将自己一部分的情感,看入自然界的现象,一面拿着纸笔,痴望着月彩,想从她明洁的辉光里,看出今夜地面上秋思的痕迹,希冀她们在我心里,凝成高洁情绪的菁华。因为她光明的捷足,今夜遍走天涯,人间的恩怨,哪一件不经过她的慧眼呢?

印度的 Ganges（埂奇）河边有一座小村落，村外一个榕绒密绣的湖边，坐着一对情醉的男女，他们中间草地上放着一尊古铜香炉，烧着上品的水息，那温柔婉恋的烟篆，沉馥香浓的热气，便是他们爱感的象征月光从云端里轻俯下来，在那女子脑前的珠串上，水息的烟尾上，印下一个慈吻，微哂，重复登上她的云艇，上前驶去。

一家别院的楼上，窗帘不曾放下，几枝肥满的桐叶正在玻璃上摇曳斗趣，月光窥见了窗内一张小蚊床上紫纱帐里，安眠着一个安琪儿似的小孩，她轻轻挨进身去，在他温软的眼睫上，嫩桃似的腮上，抚摩了一会。又将她银色的纤指，理齐了他脐圆的额发，蔼然微哂着，又回她的云海去了。

一个失望的诗人，坐在河边一块石头上，满面写着幽郁的神情，他爱人的倩影，在他胸中像河水似的流动，他又不能在失望的渣滓里榨出些微甘液，他张开两手，仰着头，让大慈大悲的月光，那时正在过路，洗沐他泪腺湿肿的眼眶，他似乎感觉到清心的安慰，立即摸出一枝笔，在白衣襟上写道：

月光，

你是失望儿的乳娘！

面海一座柴屋的窗棂里，望得见屋里的内容：一张小桌上放着半块面包和几条冷肉，晚餐的剩余，窗前几上开着一本家用的圣经，炉架上两座点着的烛台，不住地在流泪，旁边坐着一个皱面驼腰的老妇人，两眼半闭不闭地落在伏在她膝上悲泣的一个少妇，她的长裙散在地板上像一只大花蝶。老妇人掉头向窗外望，只见远远海涛起伏，和慈祥的月光在拥抱密吻，她叹了声气向着斜照在圣经上的月彩喂道："真绝望了！真绝望了！"

她独自在她精雅的书室里，把灯火一齐熄了，倚在窗口一架藤椅上，月光从东墙肩上斜泻下去，笼住她的全身，在花砖上幻出一个窈窕的倩影，她两根垂辫的发梢，她微润的媚唇，和庭前几茎高峙的玉兰花，都在静谧的月色中微颤，她加她的呼吸，吐出一股幽香，不但邻近的花草，连月儿闻了，也禁不住迷醉，她腮边天然的妙涡，已有好几日不圆满：她瘦损了。但她在想什么呢？月光，你能否将我的梦魂带去，放在离她三五尺的玉兰花枝上。

威尔斯（今译"威尔士"）西境一座矿床附近，有三个工人，口衔着笨重的烟斗，在月光中间坐。他们所能想到的话都已讲完，但这异样的月彩，在他们对面的松林，左首的溪水上，平添了不可言语比说的妩媚，惟有他们工余倦极的眼珠不阖，彼此不约而同今晚较往常多抽了两斗的烟，但他们矿火熏黑，煤块擦黑的面容。表示他们心灵的薄弱，在享乐烟斗以外，虽然秋月溪声的戟刺，也不能有精美情绪之反感。等月影移西一些，他们默默地扑出了一斗灰，起身进屋，各自登床睡去。月光从屋背飘眼望进去，只见他们都已睡熟；他们即使有梦，也无非矿内矿外的景色！

月光渡过了爱尔兰海峡，爬上海尔佛林的高峰，正对着静默的红潭。潭水凝定得像一大块冰，铁青色。四围斜坦的小峰，全都满铺着蟹青和蛋白色的岩片碎石，一株矮树都没有。沿潭间有些丛草，那全体形势，正像一大青碗，现在满盛了清洁的月辉，静极了，草里不闻虫吟，水里不闻鱼跃；只有石缝里潜涧沥浙之声，断续地作响，仿佛一座大教堂里点着一星小火，益发对照出静穆宁寂的境界，月儿在铁色的潭面上，倦倚了半响，重复拔起她的银鴍，过山去了。

昨天船离了新加坡以后，方向从正东改为东北，所以前几天的船梢正对落日，此后"晚霞的工厂"渐渐移到我们船向的左手来了。

昨夜吃过晚饭上甲板的时候，船右一海银波，在犀利之中涵有幽秘的彩色，凄清的表情，引起了我的凝视。那放银光的圆球正挂在你头上，如其起靠着船头仰望。她今夜并不十分鲜艳：她精圆的芳容上似乎轻笼着一层藕灰色的薄纱；轻漾着一种悲喟的音调；轻染着几痕泪化的雾霭。她并不十分鲜艳，然而她素洁温柔的光线中，犹之少女浅蓝妙眼的斜瞟；犹之春阳融解在山巅白云反映的嫩色，含有不可解的迷力，媚态，世间凡具有感觉性的人，只要承沐着她的清辉，就发生也是不可理解的反应，引起隐复的内心境界的紧张，——像琴弦一样，——人生最微妙的情绪，载震生命所蕴藏高洁名贵创现的冲动。有时在心理状态之前，或于同时，撼动躯体的组织，使感觉血液中突起冰流之冰流，嗅神经难禁之酸辛，内藏汹涌之跳动，泪腺之骤热与润湿。那就是秋月兴起的秋思——愁。

昨晚的月色就是秋思的泉源，岂止、直是悲哀幽骚悱怨沉郁的象征，是季候运转的伟剧中最神秘亦最自然的一幕，诗艺界最凄凉亦最微妙的一个消息。

今夜月明人尽望，不知秋思在谁家。

中国字形具有一种独一的妩媚，有几个字的结构，我看来纯是艺术家的匠心：这也是我们国粹之尤粹者之一。譬如

"秋"字，已经是一个极美的字形；"愁"字更是文字史上有数的杰作；有石开湖晕，风扫松针的妙处，这一群点画的配置，简直经过柯罗的画篆，米仡朗其罗（今译"米开朗琪罗"）的雕圭，Chopin（肖邦）的神感；像——用一个科学的比喻——原子的结构，将旋转宇宙的大力收缩成一个无形无踪的电核；这十三笔造成的象征，似乎是宇宙和人生悲惨的现象和经验，吁喟和涕泪，所凝成最纯粹精密的结晶，满充了催迷的秘力。你若然有高蒂闲（gautier，今译"戈蒂埃"）异超的知感性，定然可以梦到，愁字变形为秋霞黯绿色的通明宝玉，若用银槌轻击之，当吐银色的幽咽电蛇似腾入云天。

我并不是为寻秋意而看月，更不是为觅新愁而访秋月；蓄意沉浸于悲哀的生活，是丹德（今译"但丁"）所不许的。我盖见月而感秋色，因秋窗而拈新愁：人是一簇脆弱而富于反射性的神经！

我重复回到现实的景色，轻裹在云锦之中的秋月，像一个遍体蒙纱的女郎，她那团圆清朗的外貌像新娘，但同时她幂弦的颜色，那是藕灰，她踟蹰的行踵，掩泣的痕迹，又使人疑是送丧的丽姝。所以我曾说：

秋月呀？

我不盼望你团圆。

这是秋月的特色，不论她是悬在落日残照边的新镰，与"黄昏晓"竞艳的眉钩，中宵斗没西陲的金碗，星云参差间的银床，以至一轮腴满的中秋，不论盈昃高下，总在原来澄爽明秋之中，遍洒着一种我只能称之为"悲哀的轻霭"，和"传愁的以太"。即使你原来无愁，见此也禁不得沾染那"灰色的音调"，渐渐兴感起来！

秋月呀！

谁禁得起银指尖儿

浪漫地搔爬呵！

不信但看那一海的轻涛，

可不是禁不住她一指的抚摩，

在那里低徊饮泣呢！

就是那：

无聊的云烟，

秋月的美满，

熏暖了飘心冷眼，

也清冷地穿上了轻绵的衣裳，

来参与这

美满的婚姻和丧礼。

北京的秋花

汪曾祺 / 文

桂花

桂花以多为胜。《红楼梦》薛蟠的老婆夏金桂家"单有几十顷地种桂花",人称"桂花夏家"。"几十顷地种桂花",真是一个大观!四川新都桂花甚多。杨升庵祠在桂湖,环湖植桂花,自山坡至水湄,层层叠叠,都是桂花。我到新都谒升庵祠,曾作诗:

> 桂湖老桂发新枝,
>
> 湖上升庵旧有祠。
>
> 一种风流谁得似,
>
> 状元词曲罪臣诗。

杨升庵是才子，以一甲一名中进士，著作有七十种。他因"议大礼"获罪，充军云南，七十余岁，客死于永昌。陈老莲曾画过他的像，"醉则簪花满头"，面色酡红，是喝醉了的样子。从陈老莲的画像看，升庵是个高个儿的胖子。但陈老莲恐怕是凭想象画的，未必即像升庵。新都人为他在桂湖建祠，升庵死若有知，亦当欣慰。

北京桂花不多，且无大树。颐和园有几棵，没有什么人注意。我曾在藻鉴堂小住，楼道里有两棵桂花，是种在盆里的，不到一人高！

我建议北京多种一点桂花。桂花美荫，叶坚厚，入冬不凋。开花极香浓，干制可以做元宵馅、年糕。既有观赏价值，也有经济价值，何乐而不为呢？

菊花

秋季广交会上摆了很多盆菊花。广交会结束了，菊花还没有完全开残。有一个日本商人问管理人员："这些花你们打算怎么处理？"答云："扔了！"——"别扔，我买。"他给了一点钱，把开得还正盛的菊花全部包了，订了一架飞机，把菊花从广州空运到日本，张贴了很大的海报："中国菊展"。卖门票，参观的人很多。他捞了一大笔钱。这件事叫我有两点感想：一是日本商人真有商业头脑，任何赚钱的机会都不放过，我们的管理人员是老爷，到手的钱也抓不住。二是中国的菊花好，能得到日本人的赞赏。

中国人长于艺菊，不知始于何年，全国有几个城市的菊花都负盛名，如扬州、镇江、合肥，黄河以北，当以北京为最。

菊花品种甚多，在众多的花卉中也许是最多的。

首先，有各种颜色。最初的菊大概只有黄色的。"鞠有黄华""零落黄花满地金"，"黄华"和菊花是同义词。后来就发展到什么颜色都有了。黄色的、白色的、紫的、红的、粉的，都有。挪威的散文家别伦·别尔生说各种花里只有菊花有绿色的，也不尽然，牡丹、芍药、月季都有绿的，但像绿菊那样绿得像初新的嫩蚕豆那样，确乎是没有。我几年前回乡，在公园里看到一盆绿菊，花大盈尺。

其次，花瓣形状多样，有平瓣的、卷瓣的、管状瓣的。在镇江焦山见过一盆"十丈珠帘"，细长的管瓣下垂到地，说"十丈"当然不会，但三四尺是有的。

北京菊花和南方的差不多，狮子头、蟹爪、小鹅、金背大红……南北皆相似，有的连名字也相同。如一种浅红的瓣，极细而卷曲如一头乱发的，上海人叫它"懒梳妆"，北京人也叫它"懒梳妆"，因为得其神韵。

有些南方菊种北京少见。扬州人重"晓色"，谓其色如初日晓云，北京似没有。"十丈珠帘"，我在北京没见过。"枫叶芦花"，紫平瓣，有白色斑点，也没有见过。

我在北京见过的最好的菊花是在老舍先生家里。老舍先生每年要请北京市文联、文化局的干部到他家聚聚，一次是腊月，老舍先生的生日（我记得是腊月二十三）；一次是重阳节左右，赏菊。老舍先生的哥哥很会莳弄菊花。花很鲜艳；菜有北京特点（如芝麻酱炖黄花鱼、"盒子菜"）；酒"敞开供应"，既醉既饱，至今不忘。

我不赞成搞菊山菊海，让菊花都按部就班，排排坐，或挤成一堆，闹闹嚷嚷。菊花还是得一棵一棵地看，一朵一朵地看。更不赞成把菊花缚扎成龙、成狮子，这简直是糟蹋了菊花。

秋葵、鸡冠、凤仙、秋海棠

秋葵我在北京没有见过，想来是有的。秋葵是很好种的，在篱落、石缝间随便丢几个种子，即可开花。或不烦人种，也能自己开落。花瓣大，花浅黄，淡得近乎没有颜色，瓣有细脉，瓣内侧近花心处有紫色斑。秋葵风致楚楚，自甘寂寞。不知道为什么，秋葵让我想起女道士。秋葵亦名鸡脚葵，以其叶似鸡爪。

我在家乡县委招待所见一大丛鸡冠花，高过人头，花大如扫地笤帚，颜色深得吓人一跳。北京鸡冠花未见有如此之粗野者。

凤仙花可染指甲，故又名指甲花。凤仙花捣烂，入少矾，敷于指尖，即以凤仙叶裹之，隔一夜，指甲即红。凤仙花茎可长得很粗，湖南人或以入臭坛腌渍，以佐粥，味似臭苋菜秆。

秋海棠北京甚多，齐白石喜画之。齐白石所画，花梗颇长，这在我家那里叫作"灵芝海棠"。诸花多为五瓣，惟秋海棠为四瓣。北京有银星海棠，大叶甚坚厚，上洒银星，杆亦高壮，简直近似木本。我对这种孙二娘似的海棠不大感兴趣。我所不忘的秋海棠总是伶仃瘦弱的。

我的生母得了肺病，怕"过人"——传染别人，独自卧病，在一座偏房里，我们都叫那间小屋为"小房"。她不让人去看她，我的保姆要抱我去让她看看，她也不同意。因此我对我的母亲毫无印象。她死后，这间"小房"成了堆放她的嫁妆的储藏室，成年锁着。我的继母偶尔打开，取一两件东西，我也跟了进去。"小房"外面有一个小天井，靠墙有一个秋叶形的小花坛，不知道是谁种了两三棵秋海棠，也没有人管它，它在秋天竟也开花。花色苍白，样子很可怜。不论在哪里，我每看到秋海棠，总要想起我的母亲。

黄栌、爬山虎

霜叶红于二月花。

西山红叶是黄栌，不是枫树。我觉得不妨种一点枫树，这样颜色更丰富些。日本枫娇红可爱，可以引进。

近年北京种了很多爬山虎，入秋，爬山虎叶转红。

沿街的爬山虎红了，北京的秋意浓了。

秋天的况味

林语堂 / 文

　　秋天的黄昏，一人独坐在沙发上抽烟，看烟头白灰之下露出红光，微微透露出暖气，心头的情绪便跟着那蓝烟缭绕而上，一样的轻松，一样的自由。不转眼，缭烟变成缕缕的细丝，慢慢不见了，而那霎时，心上的情绪也跟着消沉于大千世界，所以也不讲那时的情绪，而只讲那时的情绪的况味。待要再划一根洋火，再点起那已点过三四次的雪茄，却因白灰已积得太多而点不着，乃轻轻一弹，烟灰静悄悄的落在铜炉上，其静寂如同我此时用毛笔写在中纸上一样，一点的声息也没有。于是再点起来，一口一口的吞云吐雾，香气扑鼻，宛如红倚翠偎香在抱的情调。于是想到烟，想到这烟一股温煦的热气，想到室中缭绕暗淡的烟霞，想到秋天的意味。

　　这时才忆起，向来诗文上秋的含义，并不是这样的，使人联想的是肃杀，是凄凉，是秋扇，是红叶，是荒林，是萋草。然而秋确有另一意味，没有春天的阳气勃勃，也没有夏天的炎烈迫人、也不像冬天之全入于枯槁凋零。我所爱的是秋林古气磅礴气象。有人以老气横秋骂人，可见是不懂得秋林古色之滋味。在四时中，我于秋是有偏爱的，所以不妨说说。

秋是代表成熟，对于春天之明媚娇艳，夏日的茂密浓深，都是过来人，不足为奇了。所以其色淡，叶多黄，有古色苍茏之概，不单以葱翠争荣了。这是我所谓秋天的意味。大概我所爱的不是晚秋，是初秋，那时暄气初消，月正圆，蟹正肥，桂花皎洁，也未陷入懔烈萧瑟气态，这是最值得赏乐的，那时的温和，如我烟上的红灰，只是一股熏熟的温香罢了。或如文人已排脱下笔惊人的格调，而渐趋纯熟练达，宏毅坚实，其文读来有深长意味。这就是庄子所谓"正得秋而万宝成"结实的意义。在人生上最享乐的就是这一类的事。比如酒以醇以老为佳。烟也有和烈之辨。雪茄之佳者，远胜于香烟，因其味较和。倘是烧得得法，慢慢的吸完一支，看那红光炙发，有无穷的意味。鸦片吾不知，然看见人在烟灯上烧，听那微微哗剥的声音，也觉得有一种诗意。

大概凡是古老，纯熟，熏黄，熟练的事物，都使我得到同样的愉快。如一只熏黑的陶锅在烘炉上用慢火炖猪肉时所发出的锅中徐吟的声调，使我感到同看人烧大烟一样的兴味。或如一本用过二十年而尚未破烂的字典，或是一张用了半世的书桌，或如看见街上一熏黑了老气横秋的招牌，或是看见书法大家苍劲雄浑的笔迹，都令人有相同的快乐。

人生世上如岁月之有四时，必须要经过这纯熟时期，如女人发育健全遭遇安顺的，亦必有一时徐娘半老的风韵，为二八佳人所不及者。使我最佩服的是邓肯的佳句："世人只会吟咏春天与恋爱，真无道理。须知秋天的景色，更华丽，更恢奇，而秋天的快乐有万倍的雄壮、惊奇、都丽。我真可怜那些妇女识见褊狭，使她们错过爱之秋天的宏大的赠赐。"若邓肯者，可谓识趣之人。

秋夜

鲁迅 / 文

　　在我的后园，可以看见墙外有两株树，一株是枣树，还有一株也是枣树。

　　这上面的夜的天空，奇怪而高，我生平没有见过这样奇怪而高的天空。他仿佛要离开人间而去，使人们仰面不再看见。然而现在却非常之蓝，闪闪地睒着几十个星星的眼，冷眼。他的口角上现出微笑，似乎自以为大有深意，而将繁霜洒在我的园里的野花草上。

　　我不知道那些花草真叫什么名字，人们叫他们什么名字。我记得有一种开过极细小的粉红花，现在还开着，但是更极细小了，她在冷的夜气中，瑟缩地做梦，梦见春的到来，梦见秋的到来，梦见瘦的诗人将眼泪擦在她最末的花瓣上，告诉她秋虽然来，冬虽然来，而此后接着还是春，蝴蝶乱飞，蜜蜂都唱起春词来了。她于是一笑，虽然颜色冻得红惨惨地，仍然瑟缩着。

枣树，他们简直落尽了叶子。先前，还有一两个孩子来打他们，别人打剩的枣子，现在是一个也不剩了，连叶子也落尽了。他知道小粉红花的梦，秋后要有春；他也知道落叶的梦，春后还是秋。他简直落尽叶子，单剩干子，然而脱了当初满树是果实和叶子时候的弧形，欠伸得很舒服。但是，有几枝还低亚着，护定他从打枣的竿梢所得的皮伤，而最直最长的几枝，却已默默地铁似的直刺着奇怪而高的天空，使天空闪闪地鬼睞眼；直刺着天空中圆满的月亮，使月亮窘得发白。

鬼睞眼的天空越加非常之蓝，不安了，仿佛想离去人间，避开枣树，只将月亮剩下。然而月亮也暗暗地躲到东边去了。而一无所有的干子，却仍然默默地铁似的直刺着奇怪而高的天空，一意要制他的死命，不管他各式各样地睞着许多蛊惑的眼睛。

哇的一声，夜游的恶鸟飞过了。

我忽而听到夜半的笑声，吃吃地，似乎不愿意惊动睡着的人，然而四围的空气都应和着笑。夜半，没有别的人，我即刻听出这声音就在我嘴里，我也即刻被这笑声所驱逐，回进自己的房。灯火的带子也即刻被我旋高了。

后窗的玻璃上丁丁地响，还有许多小飞虫乱撞。不多久，几个进来了，许是从窗纸的破孔进来的。他们一进来，又在玻璃的灯罩上撞得丁丁地响。一个从上面撞进去了，他于是遇到火，而且我以为这火是真的。两三个却休息在灯的纸罩上喘气。那罩是昨晚新换的罩，雪白的纸，折出波浪纹的叠痕，一角还画出一枝猩红色的栀子。

猩红的栀子开花时，枣树又要做小粉红花的梦，青葱地弯成弧形了……我又听到夜半的笑声；我赶紧砍断我的心绪，看那老在白纸罩上的小青虫，头大尾小，向日葵子似的，只有半粒小麦那么大，遍身的颜色苍翠得可爱，可怜。

我打一个呵欠，点起一支纸烟，喷出烟来，对着灯默默地敬奠这些苍翠精致的英雄们。

第四章

玄英……拨雪寻春，烧灯续昼

寒冷也是一种温暖

迟子建 / 文

在北方，一年的开始和结束都是在寒冷时刻，让人觉得新年是打着响亮的喷嚏登场的，又是带着受了风寒的咳嗽声离去的。但在这喷嚏和咳嗽声之间，还是夹杂着春风温柔的吟唱，夹杂着夏雨滋润万物的淅沥之音和秋日田野上农人们收获的笑声。故乡是我每年必须要住一段时日的地方。在那里，生活因寂静、单纯而显得格外有韵致。八月，我回到那里。每天早晨，我做的第一件事就是拉开窗帘，打开窗，看青山，呼吸着从山野间吹拂来的清新空气。吃过早饭，我一边喝茶一边写作，或者看书。累了的时候，随便靠在哪里都可以打个盹，养养神。大约是心里松弛的缘故吧，我在故乡很少失眠。每日黄昏，我会准时去妈妈那里吃晚饭。

我怕狗，而小城街上游荡着的威猛的狗很多，所以我走在路上的时候，手中往往要攥块石头。妈妈知道我怕狗，常常在这个时刻来接我回家。家中的菜园到了这时节就是一个蔬菜超市，生有妖娆花纹的油豆角、水晶一样透明的鸡心柿子、紫莹莹的茄子、油绿的芹菜、细嫩的西葫芦、泛着蜡一样光泽的尖椒，全都到了成熟期，不过这些绿色蔬菜只是晚餐桌上的配角，主角呢，是农人们自己宰杀的猪，是刚从河里打捞上来的野生的鱼类。这样的晚餐，又怎能不让人对生活顿生感念之情呢？吃过晚饭，天快黑了，我也许会在花圃上剪上几枝花：粉色的地瓜花、金黄色的步步高或是白色的扫帚梅，带回我的居室，把它们插入瓶中，摆在书桌上。夜深了，我进入了梦乡，可来自家园的鲜花却亮堂地怒放着，仿佛想把黑夜照亮。

如果不是因为十月份要赴港，我一定要在故乡住到飞雪来临时。

在香港，我每天晚上跟妈妈通个电话。她一跟我说故乡下雪的时候，我就向她炫耀香港的扶桑、杜鹃开得多么鲜艳，树多么绿，等等。但时间久了，尤其进入十一月份之后，我忽然对香港的绿感到疲乏了，那不凋的绿看上去是那么苍凉、陈旧！我想念雪花，想念寒冷了。有一天参加一个座谈，当被问起对香港的印象时，我说我可怜这里的"绿"，我喜欢故乡四季分明的气候，想念寒冷。他们一定在想：寒冷有什么好想念的？而他们又怎能知道，寒冷也是一种温暖啊！十一月上旬，我从香港赴京参加作代会，会后返回哈尔滨。当我终于迎来了对我而言的第一场雪时，兴奋极了。我下楼，在飞雪中走了一个小时。能够回到冬天，回到寒冷中，真好。

年底，我收到了一份沉甸甸的礼物，是艾芜先生的儿子汪继湘先生和儿媳王莎女士为我签名寄来的艾芜先生的两本书《南行记》和《艾芜选集》，他们知道我喜欢先生的书，特意在书的扉页盖了一枚艾芜先生未出名时的"汤道耕印"的木头印章。这枚小小的印章，像一扇落满晚霞的窗，看上去是那么灿烂。王莎女士说，新近出版的艾芜先生的两本书，他们都没有要稿费，只是委托新华书店发行，这让我感慨万千。在我们这个时代，那些垃圾一样的作品，通过炒作等手段，可以获得极大的发行量，而艾芜先生这样具有深厚文学品质的大家作品，却遭到冷落。这真是个让人心凉的时代！不过，只要艾芜先生的作品存在，哪怕它处于"寒冷"一隅，也让人觉得亲切。这样的"寒冷"，又怎能不是一种温暖呢！

蛛丝和梅花

林徽因 / 文

真真的就是那么两根蛛丝，由门框边轻轻地牵到一枝梅花上。就是那么两根细丝，迎着太阳光发亮……再多了，那还像样么？一个摩登家庭如何能容蛛网在光天白日里作怪，管它有多美丽，多玄妙，多细致，够你对着它联想到一切自然造物的神工和不可思议处；这两根丝本来就该使人脸红，且在冬天够多特别！可是亮亮的，细细的，倒有点像银，也有点像玻璃制的细丝，委实不算讨厌，尤其是它们那么洒脱风雅，偏偏那样有意无意地斜着搭在梅花的枝梢上。

你向着那丝看，冬天的太阳照满了屋内，窗明几净，每朵含苞的，开透的，半开的梅花在那里挺秀吐香，情绪不禁迷茫缥缈地充溢心胸，在那刹那的时间中振荡。同蛛丝一样的细弱和不必需，思想开始抛引出去；由过去牵到将来，意识的，非意识的，由门框梅花牵出宇宙，浮云沧波踪迹不定。是人性，艺术，还是哲学，你也无暇计较，你不能制止你情绪的充溢，思想的驰骋，蛛丝梅花竟然是瞬息可以千里！

好比你是蜘蛛，你的周围也有你自织的蛛网，细致地牵引着天地，不怕多少次风雨来吹断它，你不会停止了这生命上基本的活动。此刻"……一枝斜好，幽香不知甚处……"

拿梅花来说吧，一串串丹红的结蕊缀在秀劲的傲骨上，最可爱，最可赏，等半绽将开地错落在老枝上时，你便会心跳！梅花最怕开；开了便没话说。索性残了，沁香拂散同夜里炉火都能成了一种温存的凄清。

记起了，也就是说到梅花，玉兰。初是有个朋友说起初恋时玉兰刚开完，天气每天的暖，住在湖旁，每夜跑到湖边林子里走路，又静坐幽僻石上看隔岸灯火，感到好像仅有如此虔诚地孤对一片泓碧寒星远市，才能把心里情绪抓紧了，放在最可靠最纯净的一撮思想里，始不至亵渎了或是惊着那"寤寐思服"的人儿。那是极年轻的男子初恋的情景——对象渺茫高远，反而近求"自我的"郁结深浅——他问起少女的情绪。

就在这里，忽记起梅花。一枝两枝，老枝细枝，横着，虬着，描着影子，喷着细香；太阳淡淡金色地铺在地板上；四壁琳琅，书架上的书和书签都像在发出言语；墙上小对联记不得是谁的集句；中条是东坡的诗。你敛住气，简直不敢喘息，踮起脚，细小的身形嵌在书房中间，看残照当窗，花影摇曳，你像失落了什么，有点迷惘。又像"怪东风着意相寻"，有点儿没主意！浪漫，极端的浪漫。"飞花满地谁为扫？"你问，情绪风似地吹动，卷过，停留在惜花上面。再回头看看，花依旧嫣然不语。"如此娉婷，谁人解看花意"，你更沉默，几乎热情地感到花的寂寞，开始怜花，把同情统统诗意地交给了花心！

这不是初恋，是未恋，正自觉"解看花意"的时代。情绪的不同，不止是男子和女子有分别，东方和西方也甚有差异。情绪即使根本相同，情绪的象征，情绪所寄托，所栖止的事物却常常不同。水和星子同西方情绪的联系，早就成了习惯。一颗星子在蓝天里闪，一流冷涧倾泻一片幽愁的平静，便激起他们诗情的波涌，心里甜蜜地，热情地便唱着由那些鹅羽的笔锋散下来的"她的眼如同星子在暮天里闪"，或是"明丽如同单独的那颗星，照着晚来的天"，或"多少次了，在一流碧水旁边，忧愁倚下她低垂的脸"。

惜花，解花太东方，亲昵自然，含着人性的细致是东方传统的情绪。

此外年龄还有尺寸，一样是愁，却跃跃似喜，十六岁时的，微风零乱，不颓废，不空虚，踏着理想的脚充满希望，东方和西方却一样。人老了脉脉烟雨，愁吟或牢骚多折损诗的活泼。大家如香山，稼轩，东坡，放翁的白发华发，很少不梗在诗里，至少是令人不快。话说远了，刚说是惜花，东方老少都免不了这嗜好，这倒不论老的雪鬓曳杖，深闺里也就攒眉千度。

最叫人惜的花是海棠一类的"春红"，那样娇嫩明艳，开过了残红满地，太招惹同情和伤感。但在西方即使也有我们同样的花，也还缺乏我们的廊庑庭院。有了"庭院深深深几许"，才有一种庭院里特有的情绪。如果李易安的"斜风细雨"底下不是"重门须闭"，也就不"萧条"得那样深沉可爱；李后主的"终日谁来"也一样的别有寂寞滋味。看花更须庭院，常常锁在里面认识，不时还得有轩窗栏杆，给你一点凭藉，虽然也用不着十二栏杆倚遍，那么慵弱无聊。

当然旧诗里伤愁太多：一首诗竟像一张美的证券，可以照着市价去兑现！所以庭花、乱红、黄昏、寂寞太滥、时常失却诚实。西洋诗，恋爱总站在前头，或是"忘掉"，或是"记起"，月是为爱，花也是为爱，只是全使真情，也未尝不太腻味。就以两边好的来讲，拿他们的月光同我们的月色比，似乎是月色滋味深长得多。花更不用说了。我们的花"不是预备采下缀成花球，或花冠献给恋人的"，却是一树一树绰约的，个性的，自己立在情人的地位上接受恋歌的。

所以未恋时的对象最自然的是花，不是因为花而起的感慨——十六岁时无所谓感慨——仅是刚说过的自觉解花的情绪，寄托在那清丽无语的上边，你心折它绝韵孤高，你为花动了感情，实说你同花恋爱，也未尝不可——那惊讶狂喜也不减于初恋。还有那凝望，那沉思……

一根蛛丝！记忆也同一根蛛丝，搭在梅花上就由梅花枝上牵引出去，虽未织成密网，这诗意的前后，也就是相隔十几年的情绪的联络。

午后的阳光仍然斜照，庭院阒然，离离疏影，房里窗棂和梅花依然伴和成为图案，两根蛛丝在冬天还可以算为奇迹，你望着它看，真有点像银，也有点像玻璃，偏偏那么斜挂在梅花的枝梢上。

陶然亭的雪

俞平伯 / 文

悄然的北风，黯然的同云，炉火不温了，灯还没有上呢。这又是一年的冬天。在海滨草草营巢，暂止飘零的我，似乎不必再学黄叶们故意沙沙的作成那繁响了。老实说，近来时序的迁流，无非逼我换了几回衣裳；把夹衣叠起，把棉衣抖开，这就是秋尽冬来的惟一大事。至于秋之为秋，冬之为冬，我之为我，一切之为一切，固依然自若，并无可叹可悲可怜可喜的意味，而且连些意味的残痕也觉无从觅哩。千条万派活跃的流泉似全然消释于无何有之乡土，剩下"漠然"这么一味来相伴了。看看窗外酿雪的同云，倒活画出我那潦倒的影儿一个。像这样暗哑无声的蠢然一物，除血脉呼吸的轻颤以外，安息在冬天的晚上，真真再好没有了。有人说，这不是静止——静止是没有的——是均衡的动，如两匹马以同速同向去跑着，即不异于比肩站着的石马。但这些问题虽另有人耐烦去想，而我则岂其人呢。所以于我顶顶合式，莫如学那冬晚的停云。（你听见它说过话吗？）无如编辑《星海》的朋友们逼我饶舌。我将怎样呢？——有了！在"悄然的北风，黯然的同云，炉火不温了，灯还没有上呢"这个光景下，令我追忆昔年北京陶然亭之雪。

我虽生长于江南，而自曾北去以后，对于第二故乡的北京也真不能无所恋恋了。尤其是在那样一个冬晚，有银花纸糊裱的顶棚和新衣裳一样綷縩的纸窗，一半已烬一半还红着，可以照人须眉的泥炉火，还有墙外边三两声的担子吆喝。因房这样矮而洁，窗这样低而明，越显出天上的同云格外的沉凝欲堕，酿雪的意思格外浓鲜而成熟了。我房中照例上灯独迟些，对面或侧面的火光常浅浅耀在我的窗纸上，似比月色还多了些静穆，还多些凄清。当我听见廓落的院子里有脚声，一会儿必要跟着"砰"关风门了，或者"砣搭"下帘子了。我便料到必有寒紧的风在走道的人颈傍拂着，所以他要那样匆匆的走，如此，类乎此黯淡的寒姿，在我忆中至少可以匹敌江南春与秋的姝丽了，至少也可以使惯住江南的朋友了解一点名说苦寒的北方，也有足以系人思念的冬之黄昏啊，有人说："这岂不将钩惹我们的迟暮之感？"真的！——可是，咱们谁又是专喝蜜水的人呢。

总是冬天罢，（谁要你说？）年月日忘怀了。读者们想决不屑介意于此琐琐的，所以忘怀倒也没要紧。那天是雪后的下午。我其时住在东华门一条曲折的小胡同里，而 G 君所居更偏东一些。我们雇了两辆"胶皮"，向着陶然亭去，但车只雇到前门外大外郎营，（从东城至陶然亭路很远，冒雪雇车很不便。）车轮咯咯吱吱的切碾着白雪，留下凹纹的平行线，我们遂由南池子而天安门东，渐逼近车马纷填，兀然在目的前门了。街衢上已是一半儿泥泞，一半儿雪了。幸而北风还时时吹下一阵雪珠，蒙络那一切，正如疏朗冥濛的银雾。亦幸而雪在北京，似乎是白面捏的，又似乎是白泥塑的。（往往到初春时，人家庭院里还堆着与土同色的雪，结果是成筐的挑了出去完事。）若移在江南，檐漏的滴搭，不终朝而消尽了。

言归正传。我们下了车，踏着雪，穿粉房琉璃街而南，炫眼的雪光愈白，栉比的人家渐寥落了。不久就远远望见清旷莹明的原野，这正是在城圈里耽腻了的我们所期待的。累累的荒冢，白着头的，地名叫做窑台。我不禁连想那"会向瑶台月下逢"的所谓瑶台，这本是比拟不伦，但我总不住的那么想。

那时江亭之北似尚未有通衢。我们踯躅于白蓑衣广覆着的田野之间，望望这里，望望那里，都很像江亭似的。商量着，偏西南方较高大的屋，或者就是了。但为什么不见一个亭子呢？藏在里边罢？到拾级而登时，已确信所测不误了。然踏穿了内外竟不见有什么亭子。幸而上面挂着的一方匾；否则那天到的是不是陶然亭，若至今还是疑问，岂非是个笑话。江亭无亭，这样的名实乖违，总使我们怅然若失。我来时是这样预期的，一座四望极目的危亭，无碍无遮，在雪海中沐浴而嬉，宛如回旋的灯塔在银涛万沸之中，浅礁之上，亭亭矗立一般。而今竟只见拙钝的几间老屋，为城圈之中所习见而不一见的，则已往的名流觞咏，想起来真不免黯然寡色了。

然其时雪又纷纷扬扬而下来，跳舞在灰空里的雪羽，任意地飞集到我们的粗呢氅衣上。趁它们未及融为明珠的时候，我即用手那么一拍，大半掉在地上，小半已渗进衣襟去。"下马先寻题壁字"，来来回回的循墙而走，咱们也大有古人之风呢。看看咱们能拾得什么？至少也当有如"白丁香折玉亭亭"一样的句子被传诵着罢。然而竟终于不见！可证"一蟹不如一蟹"这句老话真是有一点意思的。后来幸而觅得略可解嘲的断句，所谓"卅年戎马尽秋尘"者，从此就在咱们嘴里咕噜着了。

在曲折廊落的游廊间，当北风卷雪渺无片响的时分，忽近处递来琅琅的书声。谛听，分明得很，是小孩子的。它对于我们十分亲密，因为和从前我们在书房里所唱出的正是一个样子的。这尽可以使我重温热久未曾尝的儿时的甜酒，使我俯拾眠歌声里的温馨梦痕；并可以减轻北风的尖冷，抚慰素雪的飘零。换一句干脆点的话，就是在清冷双绝的况味中，它恰好给喝了一点热热酽酽的东西，使一切已凝的，一切凝着的，一切将凝的，都软洋洋辨着腰肢不自支持了。

书声还正琅琅然呢，我们寻诗的闲趣被窥人的热念给岔开了。从回廊下踅过去，两明一暗的三间屋，玻璃窗上帷子亦未下。天色其时尚未近黄昏；惟云天密吻，酿雪意的浓酣，阡陌明胸，积雪痕的寒皎，似乎全与迟暮合缘，催着黄昏快些来罢。至屋内的陈设，人物的须眉，已尽随年月日时的迁移，送进茫茫昧昧的乡土，在此也只好从缺。几个较鲜明的印象，尚可片片掇拾以告诸君的，是厚的棉门帘一个，肥短的旱烟袋一支；老黄色的《孟子》一册，上有银朱圈点，正翻到《离娄》篇首；照例还有白灰泥炉一个，高高的火苗窜着；以外……"算了罢，你不要在这儿写帐哟！"

游览必终之以大嚼，是我们的惯例，这里边好像有鬼催着似的。我曾和我姊姊说过："咱们以后不用说逛什么地方，老实说吃什么地方好了。"她虽付之一笑，却不斥我为胡闹，可见中非无故了。我且曾以之问过吾师。吾师说得尤妙，"好吃是文人的天性"，这更令我不便追问下去。因为既曰天性，已是第一因了。还要求它的因，似乎不很知趣。如理化学家说到电子，心理学家说到本能，生机哲学者说到什么"隐得而希"……

闲言少表。天性既不许有例外，谈到白雪，自然会归到一条条的白面上去。不过这种说法是很辱没胜地的，且有点文不对题。所以在江亭中吃的素面，只好割爱不谈。我只记得青汪汪的一炉火，温煦最先散在人的双颊上。那户外的尖风呜呜的独自去响。倚着北窗，恰好鸟瞰那南郊的旷莽积雪。玻璃上偶沾了几片鹅毛碎雪，更显得它的莹明不滓，雪固白得可爱，但它干净得尤好，酿雪的云，融雪的泥，各有各的意思；但总不如一半留着的雪痕，一半飘着的雪华，上上下下，迷眩难分的尤为美满。脚步声听不到，门帘也不动，屋里没有第三个人。我们手都插在衣袋里，悄对着那排向北的窗。窗外有几方妙绝的素雪装成的册页。累累的坟，弯弯的路，枝枝杈杈的树，高高低低的屋顶，都秃着白头，耸着白肩膀，危立在卷雪的北风之中。上边不见一只鸟儿展着翅，下边不见一条虫儿蠢然的动（或者要归功于我的近视眼），不用提路上的行人，更不用提马足车尘了。惟有背后已热的瓶笙吱吱的响，是为静之独一异品；然依昔人所谓"蝉噪林逾静"的静这种诠释，它虽努力思与岑寂绝缘终久是失败的哟。死样的寂每每促生胎动的潜能，惟万寂之中留下一分两分的喧哗，使就烬的赤灰不致以内炎而重生烟焰；故未全枯寂的外缘正能孕育着止水一泓似的心境。这也无烦高谈妙谛，只当咱们清眠不熟的时光便可以稍稍体验这番悬谈了。闲闲的意想，乍生乍灭，如行云流水一般的不关痛痒，比强制吾心，一念不着的滋味如何？这想必有人能辨别的。

炉火使我们的颊热，素面使我们的胃饱，飘零的暮雪使我们的心越过越黯淡。我们到底不得不出于一走，到底不得不面迎着雪，脚踹着雪，齐向北快快的走。离亭数十步外有一土坡，上开着一家油厂，厂右有小小的断坟并立。从坟头的小碣，知道一个葬的是鹦鹉，一个名为香冢，想又是美人黄土那类把戏了。只是一件，油厂有狗，喜拦门乱吠。G君是怕狗的；因怕它咬，并怕那未必就咬的吠，并怕那未必就吠的狗。而我又是怯登土坡的，雪覆着的坡子滑滑的难走，更有点望之生畏。故我们商量商量，还是别去为妙。

我们绕坡北去时，G君抬头而望（我记得其时狗没有吠）对我说，来年春归时，种些红杜鹃花在上面，我点点头。路上还商量着买杜鹃花的价钱。……现在呢，然而现在呢？我惆怅着夙愿的虚设。区区的愿原不妨孤负；然区区的愿亦未免孤负，则以外的岂不又可知了。——北京冬间早又见了三两寸的雪，而上海至今只是黯然的同云，说是酿雪，说是酿雪，而终于不来。这令我由不得追忆那年江亭玩雪的故事。

冬天

朱自清 / 文

　　说起冬天，忽然想到豆腐。是一"小洋锅"（铝锅）白煮豆腐，热腾腾的。水滚着，像好些鱼眼睛，一小块豆腐养在里面，嫩而滑，仿佛反穿的白狐大衣。

　　锅在"洋炉子"（煤油不打气炉）上和炉子都熏得乌黑乌黑，越显出豆腐的白。这是晚上，屋子老了，虽点着"洋灯"，也还是阴暗。围着桌子坐的是父亲跟我们哥儿三个。

　　"洋炉子"太高了，父亲得常常站起来，微微地仰着脸，觑着眼睛，从氤氲的热气里伸进筷子，夹起豆腐，一一地放在我们的酱油碟里。我们有时也自己动手，但炉子实在太高了，总还是坐享其成的多。这并不是吃饭，只是玩儿。

　　父亲说晚上冷，吃了大家暖和些。我们都喜欢这种白水豆腐，一上桌就眼巴巴望着那锅，等着那热气，等着热气里从父亲筷子上掉下来的豆腐。

又是冬天，记得是阴历十一月十六日晚上，跟Ｓ君Ｐ君在西湖里坐小划子。Ｓ君刚到杭州教书，事先来信说："我们要游西湖，不管它是冬天。"

那晚月色真好，现在想起来还像照在身上。本来前一晚上"月当头"，也许十一月的月亮真有些特别吧。那时九点多了，湖上似乎只有我们一只划子。有点风，月光照着软软的水波，当间那一溜儿反光，像新斫的银子。湖上的山只剩了淡淡的影子。

山下偶尔有一两星灯光。Ｓ君口占两句诗道："数星灯光认渔村，淡墨轻描远黛痕。"我们都不大说话，只有均匀的桨声。我渐渐地快睡着了。

Ｐ君"喂"了一下，才抬起眼皮，看见他在微笑。这已是十多年前的事了，Ｓ君还常常通着信，Ｐ君听说转变了好几次，前年是在一个特税局里收税了，以后便没有消息。

在台州过了一个冬天，一家四口子。台州是个山城，可以说在一个大谷里。只有一条二里长的大街。别的路上白天简直不见人；晚上一片漆黑，偶尔人家窗户里透出一点灯光，还有走路的拿着火把，但那是少极了。我们住在山脚下。

有的是山上松林里的风声，跟天上一只两只的鸟影。夏末到那里，春初便走，却好像老在过着冬天似的；可是即便真冬天也并不冷。我们住在楼上，书房临着大路；路上有人说话，可以清清楚楚地听见。

但因为走的人太少了，间或有点说话的声音，听起来还只当远风送来的，想不到就在窗外。我们是外路人，除上学校去之外，常只在家里坐着。妻也惯了那寂寞，只和我们爷儿们守着。

外边虽老是冬天，家里却老是春天。有一回我上街去，回来的时候，楼下厨房的大方窗开着，并排地挨着她们母子三个；三张脸都带着天真微笑地向着我。

似乎台州空空的，只有我们四人；天地空空的，也只有我们四人。那时是民国十年，妻刚从家里出来，满自在。现在她死了快四年了，我却还老记得她那微笑的影子。无论怎么冷，大风大雪，想到这些，我心上总是温暖的。

江南的冬景

郁达夫 / 文

　　凡在北国过过冬天的人，总都道围炉煮茗，或吃煊羊肉、剥花生米、饮白干的滋味。而有地炉、暖炕等设备的人家，不管它门外面是雪深几尺，或风大若雷，而躲在屋里过活的两三个月的生活，却是一年之中最有劲的一段蛰居异境；老年人不必说，就是顶喜欢活动的小孩子们，总也是个个在怀恋的，因为当这中间，有的萝卜，雅儿梨等水果的闲食，还有大年夜，正月初一元宵等热闹的节期。

　　但在江南，可又不同；冬至过后，大江以南的树叶，也不至于脱尽。寒风——西北风——间或吹来，至多也不过冷了一日两日。到得灰云扫尽，落叶满街，晨霜白得像黑女脸上的脂粉似的。清早，太阳一上屋檐，鸟雀便又在吱叫，泥地里便又放出水蒸气来，老翁小孩就又可以上门前的隙地里去坐着曝背谈天，营屋外的生涯了；这一种江南的冬景，岂不也可爱得很么？

我生长在江南，儿时所受的江南冬日的印象，铭刻特深；虽则渐入中年，又爱上了晚秋，以为秋天正是读读书，写写字的人的最惠节季，但对于江南的冬景，总觉得是可以抵得过北方夏夜的一种特殊情调，说得摩登些，便是一种明朗的情调。

我也曾到过闽粤，在那里过冬天，和暖原极和暖，有时候到了阴历的年边，说不定还不得不拿出纱衫来着；走过野人的篱落，更还看得见许多杂七杂八的秋花！一番阵雨雷鸣过后，凉冷一点；至多也只好换上一件夹衣，在闽粤之间，皮袍棉袄是绝对用不着的；这一种极南的气候异状，并不是我所说的江南的冬景，只能叫它作南国的长春，是春或秋的延长。

江南的地质丰腴而润泽，所以含得住热气，养得住植物；因而长江一带，芦花可以到冬至而不败，红时也有时候会保持住三个月以上的生命。像钱塘江两岸的乌桕树，则红叶落后，还有雪白的桕子着在枝头，一点一丛，用照相机照将出来，可以乱梅花之真。草色顶多成了赭色，根边总带点绿意，非但野火烧不尽，就是寒风也吹不倒的。若遇到风和日暖的午后，你一个人肯上冬郊去走走，则青天碧落之下，你不但感不到岁时的肃杀，并且还可以饱觉着一种莫名其妙的含蓄在那里的生气；"若是冬天来了，春天也总马上会来"的诗人的名句，只有在江南的山野里，最容易体会得出。

说起了寒郊的散步，实在是江南的冬日，所给与江南居住者的一种特异的恩惠；在北方的冰天雪地里生长的人，是终他的一生，也决不会有享受这一种清福的机会的。我不知道德国的冬天，比起我们江浙来如何，但从许多作家的喜欢以 Spaziergang 一字来做他们的创造题目的一点看来，大约是德国南部地方，四季的变迁，总也和我们的江南差仿不多。譬如说十九世纪的那位乡土诗人洛在格（Peter Rosegger，1843—1918）罢，他用这一个"散步"做题目的文章尤其写得多，而所写的情形，却又是大半可以拿到中国江浙的山区地方来适用的。

江南河港交流，且又地滨大海，湖沼特多，故空气里时含水分；到得冬天，不时也会下着微雨，而这微雨寒村里的冬霖景象，又是一种说不出的悠闲境界。你试想想，秋收过后，河流边三五家人家会聚在一道的一个小村子里，门对长桥，窗临远阜，这中间又多是树枝槎丫的杂木树林；在这一幅冬日农村的图上，再洒上一层细得同粉也似的白雨，加上一层淡得几不成墨的背景，你说还够不够悠闲？若再要点景致进去，则门前可以泊一只乌篷小船，茅屋里可以添几个喧哗的酒客，天垂暮了，还可以加一味红黄，在茅屋窗中画上一圈暗示着灯光的月晕。人到了这一个境界，自然会得胸襟洒脱起来，终至于得失俱亡，死生不问了；我们总该还记得唐朝那位诗人做的"暮雨潇潇江上村"的一首绝句罢？诗人到此，连对绿林豪客都客气起来了，这不是江南冬景的迷人又是什么？

　　一提到雨，也就必然的要想到雪："晚来天欲雪，能饮一杯无？"自然是江南日暮的雪景。"寒沙梅影路，微雪酒香村"，则雪月梅的冬宵三友，会合在一道，在调戏酒姑娘了。"柴门闻犬吠，风雪夜归人"，是江南雪夜，更深人静后的景况。"前村深雪里，昨夜一枝开"又到了第二天的早晨，和狗一样喜欢弄雪的村童来报告村景了。诗人的诗句，也许不尽是在江南所写，而做这几句诗的诗人，也许不尽是江南人，但假了这几句诗来描写江南的雪景，岂不直截了当，比我这一枝愚劣的笔所写的散文更美丽得多？

有几年，在江南，在江南也许会没有雨没有雪的过一个冬，到了春间阴历的正月底或二月初再冷一冷下一点春雪的；去年（一九三四）的冬天是如此，今年的冬天恐怕也不得不然，以节气推算起来，大约太冷的日子，将在一九三六年的二月尽头，最多也总不过是七八天的样子。像这样的冬天，乡下人叫作旱冬，对于麦的收成或者好些，但是人口却要受到损伤；旱得久了，白喉，流行性感冒等疾病自然容易上身，可是想恣意享受江南的冬景的人，在这一种冬天，倒只会得到快活一点，因为晴和的日子多了，上郊外去闲步逍遥的机会自然也多；日本人叫作 Hiking，德国人叫作 Spaziergang 狂者，所最欢迎的也就是这样的冬天。

窗外的天气晴朗得像晚秋一样；晴空的高爽，日光的洋溢，引诱得使你在房间里坐不住，空言不如实践，这一种无聊的杂文，我也不再想写下去了，还是拿起手杖，搁下纸笔，上湖上散散步罢！

冬天

茅盾 / 文

　　诗人们对于四季的感想大概颇不同罢。一般地说来，则为"游春"，"消夏"，"悲秋"，——冬呢，我可想不出适当的字眼来了，总之，诗人们对于"冬"好像不大怀好感，于"秋"则已"悲"了，更何况"秋"后的"冬"！

　　所以诗人在冬夜，只合围炉话旧，这就有点近于"蛰伏"了。幸而冬天有雪，给诗人们添了诗料。甚而至于踏雪寻梅，此时的诗人俨然又是活动家。不过梅花开放的时候，其实"冬"已过完，早又是"春"了。

　　我不是诗人，对于一年四季无所偏憎。但寒暑数十易而后，我也渐渐辨出了四季的味道。我就觉得冬天的味儿好像特别耐咀嚼。

　　因为冬天曾经在三个不同的时期给我三种不同的印象。

十一二岁的时候，我觉得冬天是又好又不好。大人们定要我穿了许多衣服，弄得我动作迟笨，这是我不满意冬天的地方。然而野外的茅草都已枯黄，正好"放野火"，我又得感谢"冬"了。

在都市里生长的孩子是可怜的，他们只看见灰色的马路，从没见过整片的一望无际的大草地，他们即使到公园里看见了比较广大的草地，然而那是细曲得像狗毛一样的草皮，枯黄了时更加难看，不用说，他们万万想不到这是可以放起火来烧的。在乡下，可不同了。照例到了冬天，野外全是灰黄色的枯草，又高又密，脚踏下去簌簌地响，有时没到你的腿弯上。是这样的草——大草地，就可以放火烧。我们都脱了长衣，划一根火柴，那满地的枯草就毕剥毕剥烧起来了。狂风着地卷去，那些草就像发狂似的腾腾地叫着，夹着白烟一片红火焰就像一个大舌头似的会一下子把大片的枯草舐光。有时我们站在上风头，那就跟着火头跑；有时故意站在下风，看着那烈焰像潮水样涌过来，涌过来，于是我们大声笑着嚷着在火焰中间跳，一转眼，那火焰的波浪已经上前去了，于是我们就又追上去送它。这些草地中，往往有浮厝的棺木或者骨殖甏，火势逼近了那棺木时，我们的最紧张的时刻就来了。我们就来一个"包抄"，扑到火线里一阵滚，收熄了我们放的火。这时候我们便感到了克服敌人那样的快乐。

二十以后成了"都市人"，这"放野火"的趣味不能再有了，然而穿衣服的多少也不再受人干涉了，这时我对于冬，理应无憎亦无爱了罢，可是冬天却开始给我一点好印象。二十几岁的我是只要睡眠四个钟头就够了的，我照例五点钟一定醒了；这时候，被窝是暖烘烘的，人是神清气爽的，而又大家都在黑甜乡，静得很，没有声音来打扰我，这时候，躲在那里让思想像野马一般飞跑，爱到哪里就到哪里，想够了时，顶天亮起身，我仿佛已经背着人，不声不响自由自在做完了一件事，也感得一种愉快。那时候，我把"冬"和春夏秋比较起来，觉得"冬"是不干涉人的，她不像春天那样逼人困倦，也不像夏天那样使得我上床的时候弄堂里还有人高唱《孟姜女》，而在我起身以前却又是满弄堂的洗马桶的声音，直没有片刻的安静，而也不同于秋天。秋天是苍蝇蚊虫的世界，而也是疟疾光顾我的季节呵！

然而对于"冬"有恶感，则始于最近。拥着热被窝让思想跑野马那样的事，已经不高兴再做了，而又没有草地给我去"放野火"。何况近年来的冬天似乎一年比一年冷，我不得不自愿多穿点衣服，并且把窗门关紧。

不过我也理智地较为认识了"冬"。我知道"冬"毕竟是"冬"，摧残了许多嫩芽，在地面上造成恐怖；我又知道"冬"只不过是"冬"，北风和霜雪虽然凶猛，终不能永远的统治这大地。相反的，冬天的寒冷愈甚，就是冬的运命快要告终，"春"已在叩门。

"春"要来到的时候，一定先有"冬"。冷罢，更加冷罢，你这吓人的冬！

济南的冬天

老舍 / 文

对于一个在北平住惯的人，像我，冬天要是不刮大风，便是奇迹；济南的冬天是没有风声的。对于一个刚由伦敦回来的，像我，冬天要能看得见日光，便是怪事；济南的冬天是响晴的。自然，在热带的地方，日光是永远那么毒，响亮的天气，反有点叫人害怕。可是，在北中国的冬天，而能有温晴的天气，济南真得算个宝地。

设若单单是有阳光，那也算不了出奇。请闭上眼睛想：一个老城，有山有水，全在天底下晒着阳光，暖和安适地睡着，只等春风来把它们唤醒，这是不是个理想的境界？

小山整把济南围了个圈儿，只有北边缺着点口儿。这一圈小山在冬天特别可爱，好像是把济南放在一个小摇篮里，它们全安静不动地低声地说："你们放心吧，这儿准保暖和。"

真的，济南的人们在冬天是面上含笑的。他们一看那些小山，心中便觉得有了着落，有了依靠。他们由天上看到山上，便不知不觉地想起："明天也许就是春天了吧？这样的温暖，今天夜里山草也许就绿起来了吧？"就是这点幻想不能一时实现，他们也并不着急，因为有这样慈善的冬天，干啥还希望别的呢！

最妙的是下点小雪呀。看吧，山上的矮松越发的青黑，树尖上顶着一髻儿白花，好像日本看护妇。山尖全白了，给蓝天镶上一道银边。山坡上，有的地方雪厚点，有的地方草色还露着，这样，一道儿白，一道儿暗黄，给山们穿上一件带水纹的花衣；看着看着，这件花衣好像被风儿吹动，叫你希望看见一点更美的山的肌肤。等到快日落的时候，微黄的阳光斜射在山腰上，那点薄雪好像忽然害了羞，微微露出点粉色。就是下小雪吧，济南是受不住大雪的，那些小山太秀气！

古老的济南，城里那么狭窄，城外又那么宽敞，山坡上卧着些小村庄，小村庄的房顶上卧着点雪，对，这是张小水墨画，也许是唐代的名手画的吧。

那水呢，不但不结冰，倒反在绿萍上冒着点热气，水藻真绿，把终年贮蓄的绿色全拿出来了。天儿越晴，水藻越绿，就凭这些绿的精神，水也不忍得冻上，况且那些长枝的垂柳还要在水里照个影儿呢！看吧，由澄清的河水慢慢往上看吧，空中，半空中，天上，自上而下全是那么清亮，那么蓝汪汪的，整个的是块空灵的蓝水晶。这块水晶里，包着红屋顶，黄草山，像地毯上的小团花的小灰色树影。这就是冬天的济南。

关于冬天

苏童 / 文

　　厄尔尼诺现象确实存在，一个最明显的例证是现在的冬天不如从前的冷了，前几年的冬天马虎地蜻蜓点水似的就过去了，让人不知是喜是忧。冬季里我仍然负责在中午时分送女儿去学校，偶尔会看见地上水洼里的冰将融未融，薄薄的一层，看上去很脆弱，不像冰，倒像是一张塑料纸。我问我女儿早晨妈妈送她的时候冰是否厚一些，我女儿却没什么印象，事实上她长这么大，从来没见过地上长出来的冰，那种厚厚的、结结实实的冰。

　　北方人在冬天初次来到江南，几乎每个人都用上当受骗的眼神瞪着你，说："怎么这么冷？你们这儿，怎么会这么冷？"人们对江南冬季的错觉不知从何而来，正如我当年北上求学时家里人都担心我能否经受北方的严寒，结果我在十一月的一天，发现北师大校园内连宿舍厕所的暖气片也在滋滋作响，这使我对严冬的恐惧烟消云散。

记忆中冬天总是很冷。西北风接连三天在窗外呼啸不止，冬天中最寒冷的部分就来临了。母亲把一家六口人的棉衣从樟木箱里取出来，六个人的棉衣、棉鞋、帽子、围巾，不管你愿意不愿意，我们必须穿上散发着樟木味道的冬衣，不管你愿意不愿意，你必须走到大街上去迎接冬天的到来。

冬天来了，街道两边的人家关上了在另外三个季节敞开的木门，一条本来没有秘密的街道不得已露出了神秘的面目。室内和室外其实是一样冷的，闲来无事的人都在空地上晒太阳。这说的是出太阳的天气，但冬天的许多日子其实是阴天，空气潮湿，天空是铅灰色的，一切似乎都在酝酿着关于寒冷的更大的阴谋，而有线广播的天气预报一次次印证这种阴谋，广播员不知躲在什么地方用一种心安理得的语气告诉大家，西伯利亚的强冷空气正在南下，明天到达江南地区。

冬天的街道很干净，地上几乎不见瓜皮果壳之类的垃圾，而且空气中工业废气的气味也被大风刮到了很远的地方，因此我觉得张开鼻孔能闻见冬天的气味。冬天的气味或许算不上一种气味，它清冽纯净，有时给鼻腔带来酸涩的刺激。街上麻石路面的坑坑洼洼处结了厚厚的冰，尤其是在雪后的日子，路人们为了对付路上的冰雪花样百出，有人喜欢在胶鞋的鞋底上绑一道草绳来防滑，而孩子们利用路上的冰雪为自己寻找着乐子，他们穿着棉鞋滑过结冰的路面，以为那就叫滑冰。江南有谚语道，下雨下雪狗欢喜。也不知道那有什么根据，我们街上很少有人家养狗，看不出狗在雨雪天里有什么特殊表现，我始终觉得这谚语用在孩子们身上更适合，孩子们在冬天的心情是苦闷的寂寞的，但一场大雪往往突然改变了冬天乏味难熬的本质，大雪过后孩子们冲出家门冲出学校，就像摇滚歌星崔健在歌中唱的，他们要在雪地里撒点野，为自己制造一个捡来的节日。

江南的雪让人想到计划生育，它很有节制、每年来那么一场两场，让大人们皱一皱眉头，也让孩子们不至于对冬天恨之入骨。我最初对雪的记忆不是堆雪人，也不是打雪仗，说起来有点无聊，我把一大捧雪用手捏紧了，捏成一个冰碗碗，把它放在一个破茶缸里保存，我脑子里有一个模糊的念头，要把那块冰保存到春天，让它成为一个绝无仅有的宝贝。结果可以想象，几天后我把茶缸从煤球堆里找出来，看见茶缸里空无一物，甚至融化的冰水也没有留下，因为它们已经从茶缸的破洞处渗到煤堆里去了。

融雪的天气是令人厌恶的，太阳高照着，但整个世界都是湿漉漉的，屋檐上的冰凌总是不慌不忙地向街面上滴着水。路上黑白分明，满地污水悄悄地向窨井里流去，而残存的白雪还在负隅顽抗，街道上就像战争刚刚过去，一片狼藉。讨厌的还有那些过分勤快的家庭主妇，天气刚刚放晴她们就急忙把衣服、被单、尿布之类的东西晾出来，一条白色的街道就这样被弄得乱七八糟。

冬季混迹于大雪的前后，或者就在大雪中来临，江南民谚说邋遢冬至干净年，说的是情愿牺牲一个冬至，也要一个干净的无雨无雪的春节。人们的要求常常被天公满足，我记得冬至的街道总是一片泥泞的，江南人把冬至当成一个节日，家家户户要喝点东洋酒，吃点羊羹，也不知道出处何在。有一次我提着酒瓶去杂货店打东洋酒，闻着酒实在是香，就在路上偷偷喝了几口，回到家里面红耳赤的，棉衣后背上则溅满了星星点点的污泥，被母亲狠狠地训斥了一通。现在我不记得母亲是骂我嘴里的酒气还是骂我不该将新换上的棉衣弄那么脏，反正我觉得冤枉，自己钻到房间里坐在床上，不知不觉中酒劲上来，竟然趴在床上睡着了。

人人都说江南好，但没有人说江南的冬天好。我这人对季节气温的感受总是很平庸，异想天开地期望有一天我这里的气候也像云南的昆明，四季如春。我不喜欢冬天，但当我想起从前的某个冬天，缩着脖子走在上学的路上，突然听见我们街上的那家茶馆里传来丝弦之声，我走过去看见窗玻璃后面热气腾腾，一群老年男人坐在油腻的茶桌后面，各捧一杯热茶，轻轻松松地听着一男一女的评弹档说书，看上去一点也不冷。我当时就想，这帮老家伙，他们倒是自得其乐。现在我仍然记得这个冬天里的温暖场景，我想要是这么着过冬，冬天就有点意思了。

白马湖之冬

夏丏尊 / 文

在我过去四十余年的生涯中，冬的情味尝得最深刻的，要算十年前初移居白马湖的时候了。十年以后，白马湖已成了一个小村落，当我移居的时候，还是一片荒野。春晖中学的新建筑巍然矗立于湖的那一面，湖的这一面的山脚下是小小的几间新平房，住着我和刘君心如两家。此外两三里内没有人烟。一家人于阴历十一月下旬从热闹的杭州移居这荒凉的山野，宛如投身于极带中。

那里的风，差不多日日有的，呼呼作响，好像虎吼。屋宇虽系新建，构造却极粗率，风从门窗隙缝中来，分外尖削，把门缝窗隙厚厚地用纸糊了，椽缝中却仍有透入。风刮得厉害的时候，天未夜就把大门关上，全家吃毕夜饭即睡入被窝里，静听寒风的怒号，湖水的澎湃。靠山的小轩，算是我的书斋，在全屋子中风最小的一间，我常把头上的罗宋帽拉得低低的，在洋灯下工作至夜深。松涛如吼，霜月当窗，饥鼠吱吱在承尘上奔窜。我于这种时候深感到萧瑟的诗趣，常独自拨划着炉灰，不肯就睡，把自己拟诸山水画中的人物，作种种幽邈的遐想。

现在白马湖到处都是树木了，当时尚一株树木都未种。月亮与太阳都是整个儿的，从上山起直要照到下山为止。太阳好的时候，只要不刮风，那真和暖得不像冬天。一家人都坐在庭间曝日，甚至于吃午饭也在屋外，像夏天的晚饭一样。日光晒到哪里，就把椅凳移到哪里，忽然寒风来了，只好逃难似的各自带了椅凳逃入室中，急急把门关上。在平常的日子，风来大概在下午快要傍晚的时候，半夜即息。至于大寒风，那是整日夜狂吼，要二三日才止的。最严寒的几天，泥地看去惨白如水门汀，山色冻得发紫而黯，湖波泛深蓝色。

下雪原是我所不憎厌的，下雪的日子，室内分外明亮，晚上差不多不用燃灯。远山积雪足供半个月的观看，举头即可从窗中望见。可是究竟是南方，每冬下雪不过一两次。我在那里所日常领略的冬的情味，几乎都从风来。白马湖的所以多风，可以说有着地理上的原因。那里环湖都是山，而北首却有一个半里阔的空隙，好似故意张了袋口欢迎风来的样子。白马湖的山水和普通的风景地相差不远，唯有风却与别的地方不同。风的多和大，凡是到过那里的人都知道的。风在冬季的感觉中，自古占有重要的因素，而白马湖的风尤其特别。

现在，一家僦居上海多日了，偶然于夜深人静时听到风声，大家就要提起白马湖来，说"白马湖不知今夜又刮得怎样厉害哩！"

冬日絮语

冯骥才 / 文

每每到了冬日，才能实实在在触摸到了岁月。年是冬日中间的分界。有了这分界，便在年前感到岁月一天天变短，直到残剩无多！过了年忽然又有大把的日子，成了时光的富翁，一下子真的大有可为了。

岁月是用时光来计算的。那么时光又在哪里？在钟表上，日历上，还是行走在窗前的阳光里？

窗子是房屋最迷人的镜框。节候变换着镜框里的风景。冬意最浓的那些天，屋里的热气和窗外的阳光一起努力，将冻结玻璃上的冰雪融化；它总是先从中间化开，向四边蔓延。透过这美妙的冰洞，我发现原来严冬的世界才是最明亮的。那一如人的青春的盛夏，总有荫影遮翳，葱茏却幽暗。小树林又何曾有这般光明？我忽然对老人这个概念生了敬意。只有阅尽人生，脱净了生命年华的叶子，才会有眼前这小树林一般明彻。只有这彻底的通彻，才能有此无边的安宁。安宁不是安寐，而是一种博大而丰实的自享。世中惟有创造者所拥有的自享才是人生真正的幸福。

朋友送来一盆"香棒"，放在我的窗台上说："看吧，多漂亮的大叶子！"

这叶子像一只只绿色光亮的大手，伸出来，叫人欣赏。逆光中，它的叶筋舒展着舒畅又潇洒的线条。一种奇特的感觉出现了！严寒占据窗外，丰腴的春天却在我的房中怡然自得。

自从有了这盆"香棒"，我才发现我的书房竟有如此灿烂的阳光。它照进并充满每一片叶子和每一根叶梗，把它们变得像碧玉一样纯净、通亮、圣洁。我还看见绿色的汁液在通明的叶子里流动。这汁液就是血液。人的血液是鲜红的，植物的血液是碧绿的，心灵的血液是透明的，因为世界的纯洁来自于心灵的透明。但是为什么我们每个人都说自己纯洁，而整个世界却仍旧一片混沌呢？

我还发现，这光亮的叶子并不是为了表示自己的存在，而是为了证实阳光的明媚、阳光的魅力、阳光的神奇。任何事物都同时证实着另一个事物的存在。伟大的出现说明庸人的无所不在；分离愈远的情人，愈显示了他们的心丝毫没有分离；小人的恶言恶语不恰好表达你的高不可攀和无法企及吗？而骗子无法从你身上骗走的，正是你那无比珍贵的单纯。老人的生命愈来愈短，还是他生命的道路愈来愈长？生命的计量，在于它的长度，还是宽度与深度？

冬日里，太阳环绕地球的轨道变得又斜又低。夏天里，阳光的双足最多只是站在我的窗台上，现在却长驱直入，直射在我北面的墙壁上。一尊唐代的木佛一直伫立在阴影里沉思，此刻迎着一束光芒无声地微笑了。

阳光还要充满我的世界，它化为闪闪烁烁的光雾，朝着四周的阴暗的地方浸染。阴影又执著又调皮，阳光照到哪里，它就立刻躲到光的背后。而愈是幽暗的地方，愈能看见被阳光照得晶晶发光的游动的尘埃。这令我十分迷惑：黑暗与光明的界限究竟在哪里？黑夜与晨曦的界限呢？来自于早醒的鸟第一声的啼叫吗？……这叫声由于被晨露滋润而异样地清亮。

但是，有一种光可以透入幽闭的暗处，那便是从音箱里散发出来的闪光的琴音。鲁宾斯坦的手不是在弹琴，而是在摸索你的心灵；他还用手思索，用手感应，用手触动色彩，用手试探生命世界最敏感的悟性……琴音是不同的亮色，它们像明明灭灭、强强弱弱的光束，散布在空间！那些旋律片段好似一些金色的鸟，扇着翅膀，飞进布满阴影的地方。有时，它会在一阵轰响里，关闭了整个地球上的灯或者创造出一个辉煌夺目的太阳。我便在一张寄给远方的失意朋友的新年贺卡上，写了一句话：

你想得到的一切安慰都在音乐里。

冬日里最令人莫解的还是天空。

盛夏里，有时乌云四合，那即将被峥嵘的云吞没的最后一块蓝天，好似天空的一个洞，无穷的深远。而现在整个天空全成了这样，在你头顶上无边无际地展开！空阔、高远、清澈、庄严！除去少有的飘雪的日子，大多数时间连一点点云丝也没有，鸟儿也不敢飞上去，这不仅由于它冷冽寥廓，而是因为它大得……大得叫你一仰起头就感到自己的渺小。只有在夜间，寒空中才有星星闪烁。这星星是宇宙间点灯的驿站。万古以来，是谁不停歇地从一个驿站奔向下一个驿站？为谁送信？为了宇宙间那一桩永恒的爱吗？

我从大地注视着这冬天的脚步，看看它究竟怎样一步步、沿着哪个方向一直走到春天？

编辑说明

　　本书为名家散文合集，以"四时感悟"为主题，讲述四季的景色、故事和心情。其中收录了多位现当代知名作家的代表作品，作者包括学者季羡林，文学家、思想家、革命家鲁迅，民俗学家冯骥才，出版家夏丏尊，作家萧红，画家丰子恺，作家汪曾祺，京韵作家老舍，诗人徐志摩，建筑学家林徽因，文学评论家茅盾，等等。这些名家里，有人多愁善感，有人自由洒脱，有人理智冷静，有人随性淡然，但他们都有一个共同特点：对生活的观察细致入微，有一双善于发现美的眼睛，而且文笔极佳，能让所见、所思、所想清晰地跃然纸上，或给读者以美的享受，或让读者对自己的生活生出新的反思。风格上则有的幽默，有的犀利，可以给读者们带来不同的阅读体验。

　　考虑到文学大家的个人写作习惯，以及过去与现在迥异的语言环境，为了保留作品的独特韵味，同时也为了让读者们感受大师们的文字中所蕴含的不同魅力，本次出版进行了精心的编校。编校过程中，根据权威版本进行校订，其中"的""地""得""底"，"他""她""它"，"做""作"等均保留原文用法；"好象""发见"等具有时代特色的词语，均予保留。